GAEA

Gaea

乩身II

2

猛鬼新城裡的狼

星子——著

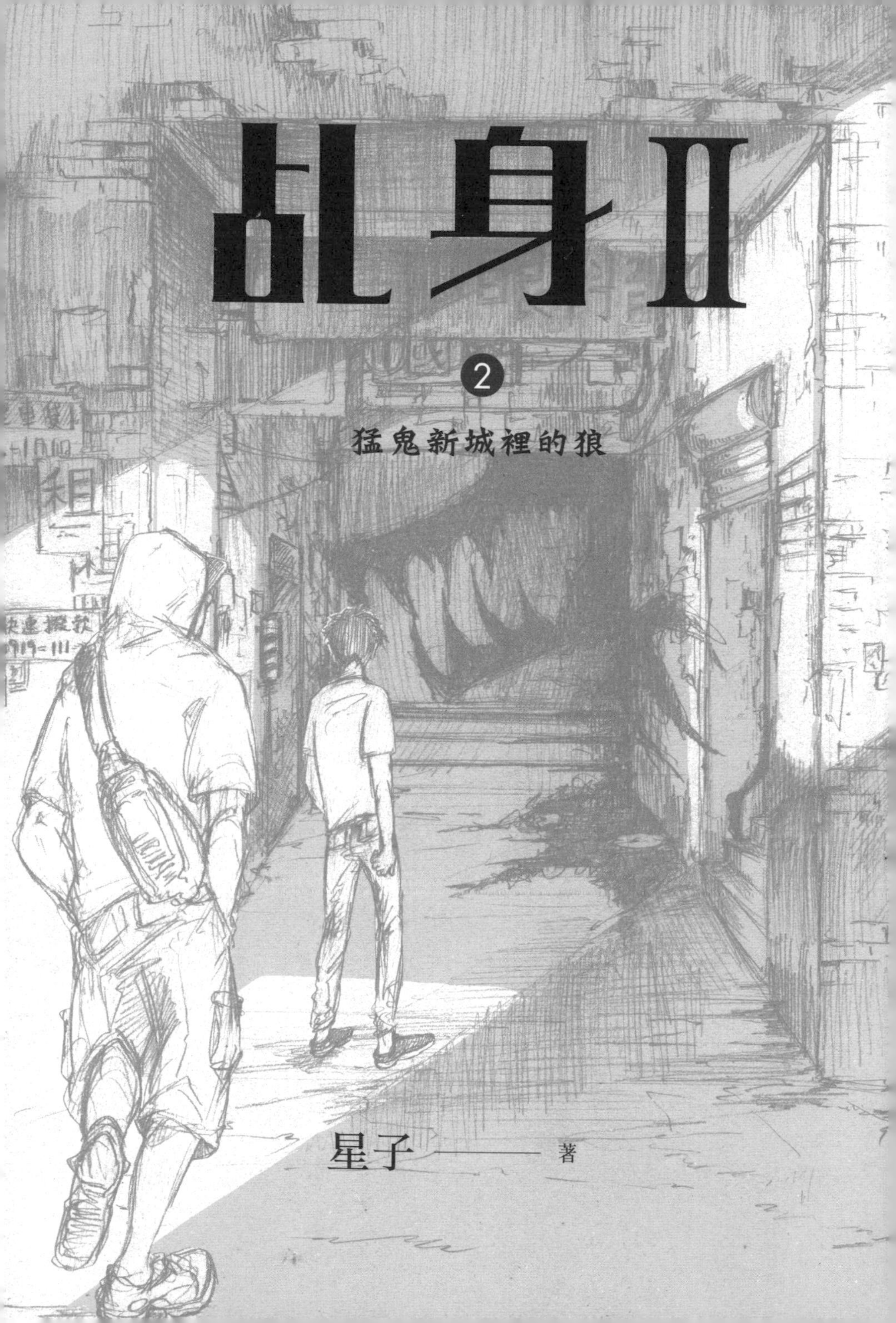

乩身 Ⅱ

楔子

二十年前某間小學，流傳著一個傳說——

學校後山小土地公廟裡，藏著一隻小老虎。

這個傳說最初僅在低年級班級間流傳，跟著漸漸傳入高年級學生耳中。

幾個高年級小學生放學後前往小土地公廟探險，很快破解了這個傳聞——

小老虎，其實是一隻小橘貓。

小橘貓住在土地公廟旁一處牆洞裡，儘管才四、五個月大，但是性情剽悍，會和進逼牆洞的一切生物們戰鬥，包括有次將一個散步老人攜在身邊的貴賓狗嚇得夾尾哀嚎，逗得其他同行老人們哈哈大笑，戲稱這小貓哪裡是隻貓，根本是隻老虎。

這戲言聽在假日隨爺爺一同登山的小屁孩耳裡，可當真相信土地公廟裡真的藏著老虎。

舊的傳說破滅，新的傳說緊隨而來——土地廟戰神的名號傳遍整間小學，每天放學，上山挑戰的傢伙們越來越多。

老廟公好酒又好賭，聽說自家廟裡藏了隻小老虎，樂不可支，甚至在廟旁擺起小桌，和酒友們、散步老人們對賭今天上門找小橘貓挑戰的傢伙誰輸誰贏，廟公要是贏了錢，便會樂得買雞腿給小橘貓加菜。

有次，五年級的阿冒帶來自家吉娃娃，朝著牆洞鬼叫一陣，被衝出的小橘貓咬著耳朵，哭叫打滾數圈、脫糞而逃。

又有次，六年級的小龍帶著家中捕捉到的老鼠，將捕鼠籠口貼在牆洞上，老鼠立時要逃，但被撲出的小橘貓一口咬著頸子翻倒在地，看得周遭小學生驚訝大叫，彷如動物頻道裡獅虎狩獵一般。

更有次，一個醉漢搖搖晃晃伏在牆洞前，假扮成大貓咪朝著牆洞裡醉言醉語，說要請小橘貓喝酒，被小橘貓探出頭咬著鼻子，氣急敗壞地淋灑酒水，稱要放火燒掉整間土地公廟，被廟公喊來友人打得頭破血流，鬧上了派出所。

直到某天，六年級的小安，帶著心愛的遙控機器人，來到土地公廟牆洞前，向小橘貓發起挑戰。

小橘貓瞪著一雙銳利眼睛，出洞接戰。

不到三個回合，小橘貓就將機器人踹入牆邊水溝。

機器人被小安撈出時，已經壞了。

小安捧著機器人嚎啕大哭，拿著遙控器砸向小橘貓，沒砸到，氣得又撿石子扔擲小橘貓，依舊沒扔著。

他不顧身旁同學說他這樣犯規、大欺小，又撿了根樹枝上前要打小橘貓，一個不小心摔了一跤，將手肘、膝蓋都摔出了血。

翌日，小安的哥哥大安，牽著一頭大狼狗，帶著手腳貼滿ＯＫ繃的小安，再次來到土地公廟前，想要替弟弟小安討回公道，卻見牆洞前坐著隻三花貓。

三花貓坐姿優雅，靜靜望著牆洞，一會兒搔搔耳、一會兒舔舔爪。

小橘貓則伏在牆洞內，一雙精銳小眼閃閃發亮，警戒著外頭動靜。

遠處，劉家小姊弟目不轉睛地盯著三花貓和小橘貓的對峙。

大安小安走向劉家小姊弟，問他們也是來向小橘貓挑戰的？

劉家小姊弟互望一眼，都搖搖頭，像是一時聽不懂這古怪問題。

「挑戰？什麼挑戰？」

「挑戰，就是單挑、決鬥、幹架的意思，懂了沒？」

「打架？跟誰打架？」

「跟洞裡那隻貓啊。」

「為什麼要跟貓打架？」

「因為他很囂張。」

「……」

「你們不是我們學校的對吧，我們學校所有人都知道土地廟戰神。」

「所以你們誰要跟小貓打架？」劉家小姊弟這麼問。

大安小安得意洋洋地伸手指向自家大狼狗。

「我勸你們不要這樣做。」劉家姊姊搖搖頭。「很幼稚。」

大安哼哼地說：「他昨天打壞我弟的機器人，還打傷我弟，我今天來替我弟報仇，哪裡幼稚了？」

劉家弟弟望著小安手腳上的ＯＫ繃說：「你弟弟打輸小貓？」

「誰說我輸了！」小安氣急敗壞，大安也立時幫腔：「昨天沒分出勝負，今天是第二回合！」

劉家姊姊搖搖頭，說：「我們要把小貓帶回家，他現在是我們家的貓了，你不能隨便欺負別人家的貓。」

「什麼！」小安愕然，大安則急急說：「妳們想帶土地廟的小貓走，有問過廟公嗎？」

「我媽正在廟裡和廟公聊天。」劉家姊姊揚手指著廟。「你可以自己去看。」

大安走近廟門，探頭往廟裡瞧了瞧，果然見到廟公和一名婦人站在一起。

此時廟公神情談吐和平時醉醺醺的模樣大不相同，更像是個慈藹老者，笑咪咪和婦人低語閒聊。

另一邊，小安想要先下手為強，也不顧那三花貓就佇在牆洞前，吆喝一聲抖抖狗繩，指揮大狼狗奔往牆洞。

三花貓只回頭一望，大狼狗像是看見鬼般，嚇得急停下來，夾起尾巴連連哆嗦。

「大王你怎麼了！坐下來幹嘛？你……」小安晃著狗繩，還伸手推大狼狗後背，但大狼狗不但不前進，還扭身躲到了小安背後，渾身抖個不停，還嗚咽悲鳴起來。

「看。」劉家姊姊呵呵一笑，說：「你家的狗都比你們懂事。」

「大王怎麼了？」大安走去搶過狗繩，硬拖著大狼狗往三花貓走去，一面抬腿踢蹬，作勢驅趕三花貓，卻見三花貓依舊動也不動，只瞇著一雙眼睛輕蔑望著他。

大安有些惱火，伸手要搧三花貓腦袋，但他伸去的手還沒摸著三花貓腦袋，便讓三花貓搶先抬爪按上手背，將大安右手踩壓在地上。

大安彎腰跪地，右手被三花貓按在地上，嚇得使勁抽手，但他無論如何施力，都無法將手抽回，只能狼狽跪地怪叫，要自家大狼狗救他。

大狼狗哀嚎一聲，甩動狗繩掙脫大安，奔離老遠。

大安驚愕之餘，看見三花貓咧嘴朝他哈氣——小小的貓哈氣後頭，緊跟著一記厚重雄渾的低吼。

似是老虎吼聲。

「哇——」大安嚇哭了，三花貓這才抬起爪子，鬆開大安的手。

大安向後跌滾一圈，掙扎起身轉身逃跑，小安見哥哥跟大狼狗嚇成這樣，儘管不明白發生了什麼事，卻也害怕得跟在哥哥身後，一齊跑遠。

「兩個笨蛋。」劉家姊弟望著跑遠的大安小安，又轉頭望回牆洞。

只見小橘貓終於從牆洞探出了頭，睜大眼睛看著三花貓。

此時小橘貓眼神露出滿滿的崇敬，像是看見了貓界偶像般。

三花貓走到小橘貓面前，舔了舔小橘貓腦袋。

小橘貓蹭了蹭三花貓下巴，喵嗚幾聲，轉身領著三花貓走進牆洞。

牆洞深處癱著一隻母貓屍首，已死去一段時間。

母貓是小橘貓的母親，數週前帶著一窩小貓在外覓食，和一群野狗狹路相逢，大打一架，幾隻小貓都給野狗咬死，獨獨小橘貓緊隨母親奮戰至最後，成功躲入土地廟牆洞裡。

小橘貓平時窩在母貓懷裡，入夜後自行出外覓食，還會叼回些許昆蟲、蛇鼠肢體回洞裡和母貓分享。

起初兩天，母貓還能睜開眼睛，嗅嗅小橘貓叼回的蟲鼠肢體、舔舔湊近撒嬌的小橘貓，漸漸地，堆積在母貓身邊的蟲鳥鼠屍慢慢增多，但母貓卻連眼睛也睜不開了，身子也冷了。

不明白發生什麼事的小橘貓，持續趁夜出洞狩獵，白晝便守在洞裡，一聽見風吹草動，就以為惡敵入侵，氣呼呼地出洞迎戰。

直到此時。

洞中，小橘貓用腦袋蹭蹭母貓的腿，像是告訴母親有客人來了。

三花貓抬起爪子，輕輕按上小橘貓腦袋。

小橘貓腦袋隱隱發出金光。

劉家姊弟湊在牆洞外，往裡頭瞧著三花貓和小橘貓互動。

「他們這樣算是成交了吧？」

「應該是。」

壹

這天放學，姜洛熙返家換上便服，在弦月的小碗裡放了些小魚乾。

弦月是隻一歲大的母貓，全身淺灰底色帶虎斑黑紋，一雙眼睛左青右黃，是罕見的異色瞳。

兩個禮拜前，姜洛熙在韓杰陪同下，從南部一處餵養中途貓乩的人家中，將弦月帶回家。

弦月不像尋常一、兩歲小貓那樣對周遭一切事物好奇且興奮，反而總是老氣橫秋地靜靜窩在角落，盯著門、望望窗，彷如一隻機械守衛。

鳳仔說，弦月的個性跟姜洛熙一模一樣。

「我出門了，晚點才回家。」姜洛熙將裝有小魚乾的小碗擺在窗邊矮櫃上，摸摸站在窗前望天的弦月腦袋，隨即轉身出門。

弦月目送姜洛熙離去，叼起一只小魚乾，緩緩嚼著，繼續望天。

二十分鐘後，姜洛熙來到離自家有段距離的便利商店，買了微波食品和飲料，結帳加熱後，來到角落面對大窗的座位坐下，默默吃著晚餐。

一個身影飄落在姜洛熙身旁，反身坐上姜洛熙用餐長桌，低頭瞅著姜洛熙一笑。是女鬼陌青。

姜洛熙和陌青相望一眼，將視線放回各自手機螢幕，默默打字，兩人聊天對象正是對方——陌青拿的是特製的陰間手機，可以與陽世手機通話傳訊，一人一鬼透過手機，便能在陽世人前低調地進行對話——

「你今天在學校上課上得怎樣？」

「跟平常一樣。」

「你剛剛過來前有餵弦月吃東西嗎？」

「有餵小魚乾。」

「你今天有看到將軍被打嗎？」

「什麼……」姜洛熙呆了呆，先是仰望陌青一眼，跟著轉頭望向大窗外對街公寓樓頂。

那公寓頂樓右半邊是磚砌加蓋房間，左半邊則是鐵皮棚頂，等同是間附帶大陽台的獨立套房。

陌青望著那樓頂套房，微笑說：「將軍今天想聞小貓，被母貓打頭。」

「我要上課，沒辦法一直看手機……將軍沒生氣嗎？」

「沒有。」陌青望著姜洛熙螢幕，在他尚未送出訊息前，便直接開口回他：「將軍跟平常完全不一樣，一點也沒脾氣。」

「好難想像……」姜洛熙一邊回話，一邊敲著「好難想像」幾個字。

「你都用嘴巴講出來了，幹嘛還打同樣的字……」陌青哈哈笑著。

「妳每次……」姜洛熙瞥了陌青一眼，快速用手機打字——

「妳每次打字聊天，沒過多久就直接對我說話，我都不知道該直接回答還是打字……」

一人一鬼，一個說話一個打字，聊著姜洛熙這陣子負責的籤令——

協助劉家下壇將軍尋找接班貓乩，嚴防盜虎團侵擾。

下壇將軍常稱虎爺，一部分跟隨土地神巡守陽世鄉里，驅逐作祟惡鬼；一部分待命天庭，視情況降身貓乩，降妖伏魔。

獲得虎爺庇佑的貓乩，比普通家貓野貓更加健壯，但終究得面臨生老病死。

劉媽家那胖壯貓乩和天上一頭大虎爺，共用一個名字——將軍。

將軍被劉媽一家從土地廟牆洞帶回飼養至今近二十年，前兩年在韓杰家大戰侵宅惡鬼，傷了一足，至今走路一拐一拐，終於到了尋找接班貓的時候了。

這兩年劉媽一家時常帶著將軍全家出遊，帶他在巷弄晃晃，東聞聞西看看，看看有無將軍青睞的母貓，或是順眼的幼崽。

將軍標準頗高，溜來逛去兩年多，沒有一隻貓能讓他看得上眼。

即便帶他跑了幾處專責照料中途貓乩的人家，將軍依舊高傲，瞪著湊上來蹭頭磨腳的小幼貓們，不是不理不睬、就是煩了一爪扒開。

直到數週前，劉媽一家夜裡受土地神托夢，稱有眼線貓回報，台南有隻母貓懷上了一窩資質非凡的幼崽，已令虎爺將軍降駕橘貓將軍趕去瞧瞧。

劉媽一家起床時，將軍已離家多時。

兩天後，姜洛熙接到籤令，負責協助抵達台南的橘貓將軍找接班貓，同時留意有無「盜虎團」出沒。

能被虎爺降駕的貓乩，天生資質非凡，更厲害些的貓乩，就連屎尿都能熏跑鬼怪，因此過去偶有受了惡鬼欺負的可憐亡魂，強忍著惡臭和魂飛魄散的風險，硬撿些貓乩屎，回頭去和惡鬼拚個你死我活。

又或是兩批陰間幫派互鬥，也會想辦法弄些貓乩屎，製成武器互擲。

時至今日，陰間科技愈漸高明，厲害點的貓乩屎可以大量產製武器，包括地府用的催淚驅鬼彈，裡頭就有貓乩屎的成分——劉媽家將軍產出的屎尿貓砂，都會收入一只特製的符籙布袋裡，每三天就會有專人前來回收飽滿的布袋、更換新布袋。

早年那些盜取貓乩屎尿防身的亡魂們，由於對貓乩無害，還會奉上美食供貓乩享用，因此土地神們也睜一隻眼閉一隻眼，隨他們撿屎偷尿。但貓屎拉出時間越久，效力會漸漸耗弱，因此偶有不長眼的傢伙，會在供奉的食物裡添加瀉藥，想獲得最新鮮且熱騰騰的上等材料；更有些傢伙還會往食物摻上邪毒陰藥，企圖直接在貓乩腸胃裡製造陰毒藥材，這些壞傢伙的下場，大多是被嗅出有異的虎爺痛毆一頓，但是當然也有部分貪吃的虎爺或者貓乩，吃下這些心懷不軌的美食而食物中毒，甚至喪命。

極少數更加貪得無厭的傢伙，不只覬覦貓乩屎尿，甚至連虎牙、虎鬚、虎爪都在他們的目標清單裡，他們會在供奉的食物裡加入迷藥，迷昏貓乩，拔鬚拔毛、剪牙剪爪——自然他們幹得越過分，天庭回擊的力道自然也等倍增加。

過去幾年，陰間幫派勢力互鬥至最高點時，各魔王底下都養著專屬的盜虎團，他們有魔王撐腰，天不怕地不怕，對他們而言，陽世貓乩的毛髮齒爪只是小菜，原汁原味的虎爺才是他們狩獵的終極目標，每個魔王御用大廚的口袋裡，都有一份虎爺食譜。

第六天魔王敗亡之後，陰間陽世平靜多時，盜虎團也不若過去猖獗，但將軍過去戰功彪炳、樹敵無數，找接班貓的消息早也流入陰間多時，天庭擔心某些陰間仇家吃過虎爺將軍的虧，記恨在心，會找機會報復虎爺將軍那退休貓乩。

因此，姜洛熙的任務，就是隨行保護抵達台南的橘貓將軍，協助他尋訪接班貓的同時，也留意四周盜虎團動靜。

平時上課時間，姜洛熙會讓籤鳥鳳仔佩戴針孔鏡頭，與陌青一同暗中盯著將軍，放學之後，便會一同參與保護將軍行動。

姜洛熙手機震動三下，停頓兩秒，再震動三下——

這是他藏在手機殼內的通訊符籙的作用，是鳳仔呼喚他。

姜洛熙將手機湊至耳邊，佯裝講電話，說：「鳳仔？」

「洛熙洛熙，你放學了嗎？」鳳仔在通訊符那端嚷嚷叫著：「將軍上樓頂了。」

姜洛熙和陌青立時點開手機裡的監看ＡＰＰ，果然見到將軍的空拍畫面——鳳仔站在樓頂套房鐵皮棚間的鐵架上，透過胸前針孔鏡頭，居高臨下地拍攝那樓頂套房陽台。

大陽台上有數十盆花花草草，套房門外牆邊有個大紙箱，周圍擺著貓砂盆和飯碗水盆；紙箱開口朝前，隱約可見裡頭母貓和一窩小貓。

另一邊，橘貓將軍叼著一條生秋刀魚，緩緩走近紙箱。

母貓從紙箱裡探出頭來，警戒地朝著將軍哈了口氣。

將軍立時停下腳步，低頭放下秋刀魚。

母貓與將軍對望數秒，這才走出紙箱，走到秋刀魚前，低頭嗅了嗅，叼著魚尾往紙箱拖。

將軍往前幾步，像是想幫母貓叼魚，但他一湊近母貓，腦袋立時捱了母貓三爪，只好又默默退開。

母貓叼著魚尾、瞪著將軍，小心翼翼地將秋刀魚拖回紙箱前。

紙箱裡小貓全走了出來，圍著秋刀魚啃了起來。

這母貓毛色黃白交雜，但一窩六隻小貓花色各個不同——白貓、三花貓、褐虎斑貓、玳瑁貓、黃白貓，以及一隻體型比其他兄弟姊妹大上一號，通體橘黃虎斑紋的小橘貓。

將軍優雅舔舔爪子，默默望著六隻小貓。

「嗯……」姜洛熙望著手機裡將軍一副紳士模樣，不解地問：「將軍哪來的魚？這附近有河可以抓魚？」

「魚不是抓的。」鳳仔嘰嘰回答：「是將軍去菜市場魚攤前喵喵叫了半小時，逗女客人買給他的。」

「什麼……」姜洛熙有些訝異，他和將軍相處時間不多，但從韓杰敘述中，只知虎爺將軍一雙惡爪加上巨口利牙，啖鬼食魔毫不留情，橘貓將軍高傲冷酷彷如萬獸之王；如此一對猛獸拍檔，竟然會在菜市場向女客人撒嬌，只為了討得生魚回來送母貓吃。

「是真的，我剛剛有看到。」陌青點頭附和，點開截圖照片給姜洛熙。十數張照片裡的將軍瞇起眼睛，歪著腦袋磨蹭走經他身邊的每一位客人，不時張口喵叫，甚至會與客人握手對掌，像是寵物咖啡廳裡最紅的攬客明星一般。

「哇……」姜洛熙看得嘖嘖稱奇。

陌青說：「我把照片傳給予瑜姐，她也嚇一跳，她說將軍過去在家裡也從來沒有這樣過。」

劉予瑜是劉媽的女兒，上班閒暇時會與姜洛熙、陌青互通訊息，了解將軍當前情況，也會教導姜洛熙各種養貓知識。

喀嚓，套房門打開，走出一個三十來歲的女人，手裡抓著一包菸，搖搖晃晃走過將軍身旁，嘿嘿笑說：「將軍又來啦……」她走到女兒牆邊，點菸抽起，還回頭望著將軍，笑說：「每天準時叼魚上門，我怎麼都碰不到這種好男人？」

女人右眼附近有塊明顯傷疤，她叫郭蕙，曾經是受許多男人追捧的傳產千金。

某年一晚，父母帶著她參加友人婚禮，返家途中出了車禍。

郭蕙在醫院醒來時，已經是三個月後的事了。

那場車禍不但令她父母雙亡，也令她臉上多了塊醒目傷疤。

她出院後，過去她那些二年見不到幾次面的家族遠親、父母老友、公司高層主管紛紛找上門來，拿出一份又一份她壓根也看不懂的票據、合約和文件遊說她放棄家業，將公司股份轉讓給遠親長輩，否則她家公司倘若繼續停擺下去，可能要付出鉅額違約金了。

郭蕙過去對自家產業毫無興趣，更完全不懂經商，根本無力接手經營。於是她同意親友提議，將公司轉讓給親戚換取現金，但她很快後悔了——她戶頭入帳的現金，連她想像中的百分之一都不到。

她覺得自己上當了，急著找親戚討要說法，但親戚反而主動上門，催她搬家。

親戚說她父母那公司其實有幾筆債務，因此能夠給她的現金就只有這麼多；且其中一筆債務金額過大，她得另外用房子抵債。

三個月後，郭蕙帶著三隻貓，搬出住了二十餘年的家，住進租賃套房。

過去二十餘年不曾工作也不曾為生計煩惱的她，轉讓公司換得的現金已經所剩不多，除了購買貓糧之外，大都用來購買菸酒，每日醉生夢死。

她身為千金小姐時的那些閨密，都漸漸疏遠她，因為她無力替她們買單了；過去像是蒼蠅般圍繞著她的公子少爺們也全部消失無蹤了，因為她臉上那道醒目傷疤。

她賭氣般地做了決定，打算在現金花盡之前，替三隻愛貓找到新飼主，再找個安靜無人的地方自我了斷。

由於她三隻愛貓都是純種名貓，很快順利送出。

她將租賃套房收拾乾淨，算算手頭現金，知道自己來日無多了。

但就在她替自己定下的死期前三週，出門買晚餐時，剛下樓就見到一隻貓被汽車輾過屁股。

她想也不想，立時將貓帶去動物醫院。

數小時後，她抱著奇蹟生還的貓，在櫃台奉上自己最後三週的餐費，茫然回到住處，心想計畫要提前了。

當晚郭蕙作了個夢，夢見一個和藹奶奶，要她給自己一個機會，不要這麼輕易地向這世界投降。

她醒來後，立時有位和藹奶奶登門拜訪。

門外這位和藹奶奶，和夢裡的和藹奶奶長相不同，是兩個不同的人，眼前的奶奶甚至比夢裡的奶奶更老一些。

奶奶說自己是貓主人，說這貓太老，老到都失智了，時常溜出門散步，一出門就忘了回家的路，老是令她擔心，如今還真讓車輾了。

奶奶說她曾經是土地婆乩身，說這隻老貓是退休貓乩，又說自己家裡還有幾隻退休貓乩。

奶奶還說，自己一天比一天老，說不定會比這些退休老貓乩更早離開人世，到時候這些保衛陽世多年的退休老貓，很可能無人照料，問郭蕙願不願意替她接手照料這些老貓。奶奶稱自己雖不富裕，但一張桌多擺副碗筷，至少不會讓郭蕙餓著，自家樓頂還有間空房，也能讓郭蕙棲身。

郭蕙考慮一晚，便搬進這間加蓋套房，平日負責照料老奶奶和數隻老貓——說也奇怪，幾隻走路無力，甚至有點失智的老貓，見了郭蕙，就像是見到老友一樣，很快便和她打成一片。

郭蕙倒是不覺得如何，她自幼和貓親近，奶奶說她是天生的貓乩中途。

又過了數年，奶奶往生，幾隻老貓相繼離世。

奶奶的兒女將奶奶舊家出租給新房客，並將頂樓繼續租給郭蕙。

這些年，郭蕙平時都在便利商店上大夜班，練就一身俐落打雜本事，也曾徒手擊倒喝酒鬧事的酒客，偶爾當當貓乩中途，接手照料貓乩幼崽或是懷孕母貓。

千金大小姐這身分對郭蕙而言，恍如前世。

「郭姐，妳這麼早出門？」鳳仔見郭蕙抽完菸，回房換上外出服裝，好奇地追在她身後問：「妳不是都上大夜班？」

「哼！」郭蕙瞪了鳳仔一眼，說：「老娘不上班就不能出門？」

「妳要去哪裡？」

「約會！」

「郭姐，妳要跟男人約會？那妳剛才還抽菸，親嘴會臭臭的……」鳳仔飛在郭蕙腦袋上方繞圈，提醒她約會事項。「妳要記得，等等……」

「閉嘴！」郭蕙扠手瞪著鳳仔，說：「老娘跟男人約會的時候，你連顆蛋都還不是吧！」

郭蕙說完，氣呼呼地轉身下樓。

鳳仔目送郭蕙離去，有些委屈，向通訊符那端的姜洛熙控訴郭蕙剛剛說他連顆蛋都不是。

姜洛熙沒有理睬鳳仔，而是和陌青討論這窩小貓有六隻，扣掉將軍屬意的接班貓，還剩下五隻，說不定能分一隻給倪飛。「予瑜姐有說倪飛找到貓乩了嗎？」

「沒有。」陌青搖搖頭。「予瑜姐說倪飛最近都沒有跟她聯絡，好像已經放棄找貓乩了。」

倪飛是韓杰另一名接班乩身，算是姜洛熙師弟。

姜洛熙是千年難遇的修道仙身，倪飛是千年難見的極陰之身。兩人的資質極其罕見，一旦走偏了路，或許會像第六天魔王那樣替陽世陰間帶來浩劫，因此天庭想花更長的時間觀察兩人心性，再決定要不要賜下蓮藕身給兩人。

沒有蓮藕身，便不能像韓杰一樣重傷後也能快速痊癒、被魔王扒空內臟放乾了血也死不了。

因此太子爺給兩人的其中一個任務，就是各自找隻貓乩養著，危急時天庭會派虎爺下來助戰。

姜洛熙的貓乩是劉媽打通電話向貓乩中途人家預約之後，便順利接到；但倪飛接連拜訪數戶貓乩中途之家都吃了閉門羹——從幼貓到成貓，沒有一隻貓乩願意讓極陰之身的倪飛靠近，那些備選貓乩們見了倪飛，不是哈氣炸毛、就是發怒扒抓。

之後劉媽幾次和貓舍約了時間，倪飛也不願意去了。

貳

晚上十點，桃園市區街頭，倪飛頭戴軍綠色漁夫帽，倚著欄杆，望著對街一群酒客勾肩搭背、喧譁笑鬧地走出快炒店，分乘上數輛車，酒駕蛇行而去。

倪飛望著車隊遠去，站直身子伸伸懶腰，轉身走進身後公寓防火窄巷裡，來到一扇小鐵門前，伸手按上鐵門，掌緣隱隱亮起異光。

他推開小門，迎著撲面陰風，踏入滿是霉斑的廢棄廚房。

來到了陰間——倪飛自幼來往陰陽兩地，開鬼門不用畫符，隨手推門就能跨陰越陽。

倪飛關上門，再打開，外頭窄巷建築構造和來時差不多，但外觀微微有些不同，牆面斑駁古舊、空氣中飄著焚火焦灰。

他走出窄巷、來到大街旁，從口袋掏出打火機和一枚折成六角狀的符籙，捏近嘴角吟喃唸咒，點燃六角符拋在地上，六角符轉眼燒出一團白煙，變出一台滑板車。

他取出手機，點開追蹤程式，擺上滑板車手把中央的固定架，跟著從背包取出一只鬼臉面具戴上臉，這才踏上滑板車，一腳撐地出力，倏地滑上大街。

他踩著滑板車駛在陰間大街，越滑越快，不時盯著手機上的追蹤紅點，二十分鐘後，停在一棟樓宇前。

他拿下手機點點按按，像是在確認眼前這棟黑漆漆的陰間樓宇，其對映陽世建築——是間知名KTV。

他踏入陰間KTV大樓，逐層向上搜索，悄悄推開每一扇門，瞇著眼睛往門縫裡瞧，這陰間樓宇荒廢多時，每間包廂都只有破爛沙發桌椅——但倪飛想要瞧的，並非陰間包廂內部，而是陽世動靜。

他將門推開一條縫，瞇著眼睛往門縫瞧，可以瞧見陽世動靜，而陽世裡的人，只能見到包廂門被推開一條縫，頂多瞧見門縫看來有些陰森混濁，卻難看清門縫外的陰間廊道，站著個往裡頭偷瞧的倪飛。

倪飛一連瞧了三層樓，看過數十間包廂，終於找著剛剛走出快炒店的那群人。

他的目標，正是那群人中的其中一個——

黃景天。

坐在包廂沙發正中央的黃景天，瘦瘦高高，一頭倒豎短髮染成金色，胸口還掛著數串金項鍊，伸長胳臂攬著左右兩個年輕女孩，不管模樣還是舉止，都十分顯眼。

倪飛盯著黃景天胸口那數串金項鍊裡，混著一面佛牌——正確來說，是佛牌之中的牌。

「陰牌」——凡以陰邪穢物，如遺骸、血肉、凶器、凶衣等東西製成的佛牌，統稱陰牌。

倪飛此次籤令，便是奪取黃景天胸前這面陰牌。

兩天前，他潛入黃景天家，差點便得手了，但陰牌中有隻小鬼緊急通風報信，驚醒了黃景天，跳下床揪著倪飛就打。

倪飛還是高中生，身子尚未發育完全，和人高馬大的黃景天相比，身材吃虧許多，捱了幾拳，落荒逃進廁所，躲回陰間。

他思索兩天，準備今晚扳回一城。

他吸了口氣，伸手推開包廂門——裡頭腐朽破敗，因為是陰間。

倪飛刻意進入陰間包廂，為的是確定這包廂有無專用廁所——沒有。

那麼黃景天等會兒必定會離開包廂，去外頭上廁所。

倪飛離開陰間包廂，返回陽世ＫＴＶ廊道，找著最近一處廁所，推門進入廁所，從口袋抓出一把香灰，搓揉幾下，拉出一條香灰繩子，將一端繫上門把，另一端繫著自己手腕。

跟著他躲進無人廁間，將手機開啟拍攝模式，放在門邊，讓鏡頭透過門縫，拍攝外頭廁所大門動靜。

然後重新戴上鬼臉面具。

他坐上馬桶，默默盯著手機螢幕，就這麼盯了四十分鐘，終於等到黃景天推門進廁所。

黃景天此時模樣看來竟比剛離開熱炒店時還清醒些，這讓倪飛有些不解——據他所知，黃景天是個大酒空，一旦喝酒必定喝醉，醉了就開直播嗆聲，嗆警察、嗆政府、嗆鄰居、嗆神嗆鬼，還嗆各路道上大哥，為此他數次被道上兄弟撂人修理、逼他下跪道歉。

倪飛壓低身子，盯著擺在門縫旁的手機螢幕，緊緊揪著香灰繩子，等待黃景天上完廁所。

黃景天尿完尿，來到洗手台前洗手，順便洗了把臉。他抹去臉上水珠，雙手按上洗手台，望著鏡子，嘴角微微冷笑。

倪飛隱隱感到有些不安，黃景天那笑容似乎透露他已有提防，但他來不及細想，黃景天已經轉身離開。

倪飛抓緊時機，趁著黃景天伸手推開廁所大門時，順勢一抖香灰繩子，將自己那隨意開鬼門的神奇力量，透過香灰繩子傳至廁所大門。

如此一來，黃景天走出廁所，便進入陰間。

他在陽世打不贏黃景天，但陰間是他的主場，他相信倘若將黃景天誘入陰間，便能智取這酒空。

光嚇，就嚇死他。

「嘿！」倪飛見黃景天離開廁所，立時拾起手機，奔出廁間，來到廁所大門前，剛拉開門，便見到黃景天扠手站在門前朝他冷笑——

這與倪飛想像中的情景截然不同，他以為自己開門之後，會見到黃景天被陰間廊道景觀嚇得崩潰尖叫的模樣。

倪飛還沒來得及反應，肚子就捱了黃景天重重一腳，痛苦滾回廁所中央。

黃景天追進廁所，照著躺倒在地的倪飛重搥幾拳，還一把揪下倪飛頭上那漁夫帽，見他臉上還戴著鬼臉面具，又氣又笑地邊揍邊罵：「幹你娘咧臭俗辣，沒種用真面目見人？每次都戴面具！給我摘下來——」

倪飛抱頭蜷縮在地，被黃景天狂毆一輪，身子突然以腰臀為中心旋轉起來，將黃景天撞倒在地。

原來倪飛情急之下掏出風火輪尪仔標，沒能即時安裝上腿，反而裝在屁股上，這才讓自己像是陀螺打轉起來。

他搖搖晃晃起身，猶自覺得天旋地轉，見一旁黃景天也起來要追打他，嚇得連忙轉身逃進廁間，躲進陰間。

倪飛走出廁所，站在陰間廊道扠手不住喘氣，思索自己究竟哪一步走錯了，突然聽見身後有動靜，回頭驚見廁所門推開，黃景天竟也追進陰間逮他。

此時黃景天胸前的陰牌微微發亮，身後還跟著三隻鬼——

嫵媚女鬼一雙狐媚眼睛彷彿能夠迷倒千萬人。

淘氣小鬼手上拿著一支玩具手槍，腰間插著另一把槍。

年邁老鬼手腕上戴著一串佛珠，臉上刺滿神祕符籙。

「你……」倪飛這下終於明白黃景天也能追入陰間的原因，是陰牌裡的鬼奴在幫他。

「臭小子，你要自己脫面具？」黃景天瞪著倪飛，將拳頭捏得喀喀作響，像是要發狠揍人了。「還是要哥哥我幫你脫下面具，塞進你嘴巴裡？」

「你要脫就脫自己內褲啦！」倪飛朝著黃景天臭罵：「你以前脫光光把內褲塞嘴巴，跪在地上向大哥磕頭道歉的影片我看了好幾遍，有夠好笑！」

倪飛罵完，抖抖屁股將風火輪抖至雙腿，轉身就跑。

「哇幹——」黃景天暴怒追上，但見倪飛跑得極快，一轉眼就衝到前方廊道轉角，氣得大罵：「你跑那麼快！你到底是誰？」

「我是你爸，黃金葛！」倪飛高聲回罵，罵完就跑。

「幹！我爸不叫黃金葛！」黃景天暴怒奔去轉角處，卻已不見倪飛影蹤。

「幹……」黃景天氣喘吁吁地摸著胸前陰牌，回頭望著三鬼。「你們說……那小子有可能是大師兄錢萊的徒弟……那大師兄，有法術能讓人跑這麼快？」

黃景天身後三鬼你看看我，我看看你，小鬼歪著頭仰望女鬼，問：「大師兄有能讓人跑得很快的法術？」

女鬼搖搖頭說：「我不記得大師兄有這樣的法術。」

一旁老鬼皺眉思索，也搖搖頭。「那孩子身上的味兒和大師兄錢萊不一樣，反倒有點像……」

「像什麼？」黃景天問。

「我再仔細想想……」老鬼沉默半晌，搖搖頭。「景天，你做好準備，千萬不能讓大師兄錢萊搶去陰牌。」

「哼……」黃景天扠腰喘了幾口氣，這才氣呼呼地循原路走回那開了鬼門的廁間，返回陽世。

他回到包廂，喝了幾口酒，只覺得索然無味，一旁小弟遞來麥克風，諂媚地說特地替他挑了最愛的主題曲，也被他伸手推開。

心。」

「我有事要忙。」黃景天暴躁起身，掏出皮夾，扔下一疊鈔票。「你們自己開

他不顧小弟追問，自顧自地離開KTV，叫了輛計程車返家。

沿途他不時留意周邊動靜，就怕有人來搶他胸口那陰牌。

他絕不能讓人搶走這陰牌。

倘若沒有這面陰牌，他就不能當現在的「景天哥」，而是打回原形，回到那個人人都能踹他一腳的「酒空天」了。

那時，他三天兩頭酒後嗆聲，得罪各路兄弟，被修理過不少次，走在路上都要提心吊膽，就怕又被哪路人馬堵上，押他上車，逼他吃菸屁股、喝菸灰茶、吞檳榔渣，逼他下跪磕頭道歉。

其中有個傢伙最令他痛恨萬分——鴨蛋。

鴨蛋平時也是個人見人厭的小癟三，但鴨蛋比他滑頭，至少不會酒後失言，起初鴨蛋時常混在他直播頻道裡，和他稱兄道弟，東一句景天哥、西一句景天哥，但三不五時又拋話題故意引誘他講其他大哥壞話，然後再把這些壞話片段側錄下來，傳給那些大哥手下小弟們。

鴨蛋靠著通風報信和一名大哥走得近了，有大哥撐腰，地位變得比黃景天高上一

些，好幾次還幫忙那大哥一起修理黃景天，且想出不少折磨人的鬼點子，例如某次鴨蛋建議在黃景天賠罪菸灰茶水裡，加入半瓶辣椒跟半瓶醋，讓黃景天喝得一把鼻涕一把眼淚；或是趁夜帶人將黃景天機車「彩繪」上一堆生殖器塗鴉；又或是三不五時將黃景天穿著內褲含淚下跪認錯的照片，貼上黃景天直播平台留言板。

對黃景天而言，比起動手打他的大哥小弟們，鴨蛋才是他最最最厭惡的傢伙。因此，他獲得陰牌、得到陰牌三鬼奴相助之後，第一個復仇對象，就是鴨蛋。

這面陰牌，是他在火車上偷來的。

那是數月前某一天，他聽說有群外縣市的傢伙，專程北上要來堵他。那些傢伙早已放話，說要是堵著人，便不只是喝菸灰茶、嚼菸屁股麼簡單，最起碼得斷隻手或腳，或是全斷。

他嚇得連夜收拾行李，搭火車去外地避風頭。

那時坐在他身旁的婦人中途起身下車，卻將包包留在座位上。

他到站之後，順手提著包包下車，也沒交給車站或是警察局，而是理所當然地據為己有，他不知道這次避風頭要多久時間，身上的錢也沒多少，倘若包包裡有現金，那可是最棒的資助——但他錯了，婦人的錢包帶在身上，包包裡只有幾件換洗衣服、一些包裝食物。

和那塊裹著黑布的陰牌。

他在廉價破旅館裡把玩那陰牌，只覺得這陰牌拿在手上，有股奇異的冰涼感。

當晚，黃景天夢見自己與一個和藹老人、一個可愛孩子和一名嫵媚女人同桌吃飯喝酒。

三人在夢裡，對黃景天說了一個術士與陰牌的故事——

曾經有個術士擅長養鬼、造陰牌，年輕時造出不少厲害陰牌，賣給黑道政客、影視紅星，甚至是同行術士，教他們駕馭差遣陰牌裡的鬼奴，幹些剷除敵手、竊盜機密等見不得人的髒事。

術士晚年時，時常擔心過往仇家會伺機報復自己的寶貝女兒，有次趁著女兒一家登門拜訪時，偷偷將一塊厲害陰牌藏入外孫書包，令陰牌裡的鬼奴日夜保護愛女一家。

那塊陰牌裡的凶靈——「魔血仔」，生前即是殺人不眨眼的狠辣盜匪，死後骨灰連同魂魄被術士遣鬼奴盜出，花費數年煉成一塊極惡陰牌，也是術士生平打造過最強大的陰牌。

但術士對自己馭鬼技術自信過頭，忽略自己年老後疏於修煉，道行已不如往昔，他以為自己能像過去一樣，即便相隔老遠，也能透過術力指揮陰牌鬼奴行動。

他鑄下大錯了。

魔血仔過去待在術士手中時堪稱乖順，但到了術士女兒家中之後，本性漸漸流露，開始對術士一日數次施術詢問外孫近況感到不耐。

且魔血仔也察覺出術士的術力已大不如前。

某夜，魔血仔掙脫了陰牌束縛，附在術士女兒身上，持刀殘殺全家之後，從九樓一躍而下。

得知噩耗的術士，帶著妻子急忙趕往殯儀館探望女兒一家遺體。

術士妻子當下沒有埋怨太多，只是淚眼汪汪反覆呢喃：「我早就要你不要再搞這些東西了，會下十八層地獄的……你就是不聽……」

當晚，術士妻子也登上高樓，一躍而下。

□

術士辦完妻子和女兒一家的喪事後，帶著關門弟子全力追捕魔血仔，花了數個月時間，終於將魔血仔捉回。

他起初本想將魔血仔囚入烈火瓶中，將之燒至灰飛湮滅，但他在追捕魔血仔的日子裡，時常想起妻子跳樓當天反覆呢喃的那句話——

「你玩這些東西，會下十八層地獄的……最後我們全家都得陪你下去受苦……」

他開始擔心自己一生罪過，當真會牽連到妻女下陰間後的處境，因此決定將魔血仔連同另外三名忠心鬼奴，一齊放進全新陰牌裡，花費數年時間苦心修煉，終於造成這塊「四靈陰牌」。

四靈陰牌煉成時，術士已經病重，來日無多。他將陰牌交予小徒弟，令小徒弟帶著陰牌和過往帳本，逐一收回以往售出的陰牌，超度甚至消滅陰牌裡的鬼奴。

多年之後，小徒弟將當年陰牌收回十之八九，且按照術士遺言，將陰牌封藏進罈，持續施術供奉、逐日化解魔血仔戾氣，尋找時機單獨銷毀魔血仔，還三鬼奴自由——這三鬼奴過去是術士生前老友和遠親，因故過世，術士將他們魂魄收進陰牌，教他們法術，偶爾派點差事請他們跑腿，且從未虧待過他們，他們是術士的摯友兼愛將，看著術士從年輕變老、看著術士愛女從出生到嫁人、看著術士外孫從牙牙學語到活蹦亂跳。

當術士決心重新將魔血仔封入陰牌時，三鬼奴自告奮勇，欲一同進陰牌，用自身道行輔以陰牌術力，齊力控制魔血仔，以防魔血仔再次失控惹禍。

在小徒弟持著四靈陰牌回收其他陰牌的那些年，大多數陰牌其實都是被三鬼奴收伏的，除非三鬼奴打不贏，才搖鈴喚醒魔血仔助戰。

直到數年前，小徒弟沒能完成術士當年計畫中的最後一步，便重病離世。

小徒弟火化不久，一個名叫錢萊的老傢伙，聯繫上小徒弟家人，自稱是小徒弟的大師兄，想向小徒弟家人討要四靈陰牌，卻吃了閉門羹。

三鬼奴說，這錢萊確實是術士弟子，也確實是大師兄，但記恨師父偏心師弟，數次設計陷害師弟，被術士逐出師門，和師弟老死不相往來，卻一直覬覦師弟手中那塊四靈陰牌。

小徒弟生前已預料到有這一天，不但將供奉四靈陰牌的方法傳授給家人，且叮囑若家人無力供奉四靈陰牌，便將陰牌交予指定的寺廟保管，千萬不能交給「大師兄」。

錢萊也知道小徒弟有所防備，他收買了小徒弟某位家人，要那家人假稱欲將四靈送往寺廟，實則帶出轉賣給錢萊。

那家人帶著四靈陰牌搭上火車，準備去見錢萊，卻在途中被四靈裡的鬼奴施術迷惑，夢遊般獨自走下火車，最終讓四靈陰牌落到黃景天手中。

三鬼奴在夢裡對黃景天說，術士生前不但將四靈陰牌交予小徒弟，且屢次叮囑小徒弟和三鬼奴，無論如何也不能讓四靈陰牌落入錢萊手中——三鬼奴相信錢萊仍記恨他們三個和術士一樣偏心小徒弟，一旦得手四靈陰牌，必定會施術折磨報復他們三個；二來這錢萊心性比術士年輕時更加陰毒狠辣數倍，要是讓他得到四靈陰牌，肯定要喚醒魔血仔來幹大事了。

三鬼奴和黃景天達成協議，只要黃景天保管好四靈陰牌，別讓陰牌落入錢萊及其徒子徒孫手中，三鬼奴便願助黃景天一臂之力、幫他混得風生水起，當上他夢寐以求的龍頭大哥。

黃景天醒來後，壓根沒有將這長夢放在心上，而是在傍晚酒後開直播說自己夢到一個媲美連續劇的故事靈感，請網友代為聯繫各大編劇、小說作者、電影導演，說自己可以提供故事靈感，或者提供資金讓自己自編自導自演——那晚，他直播開到一半，酒喝完了，出門去買，半路卻被一群混混攔下。

帶頭的傢伙正是他的死對頭鴨蛋。

他被迫關上直播，被押上車，載去見角頭熊哥。

黃景天根本不認識熊哥，也不記得自己哪次酒後在網路上嗆過熊哥，但鴨蛋在一旁煽風點火，東拼西湊地播放一則則黃景天過去直播時的醉言醉語，說他不但嗆熊哥的哥兒們，還嗆熊哥所屬幫派。

那時熊哥似乎也醉了，壓根不理黃景天解釋，一見面就賞黃景天好幾巴掌，揪著黃景天耳朵問他為什麼嗆自己兄弟跟幫派。

黃景天哭著說當時他喝醉了，說自己不但已經道歉，也因此被打過好幾次，還光著屁股咬著內褲下跪磕頭，明明是好久之前的事，不懂為何鴨蛋要拿這件事找他麻煩。

鴨蛋說黃景天至少要向熊哥也跪一次，而且也要光屁股吃內褲。

熊哥說對，黃景天應該也對自己也跪一次。

黃景天問為什麼，立刻又捱三巴掌，痛得求饒脫褲子，就在他一邊哭一邊將內褲往嘴裡塞時，又被鴨蛋喊停。

鴨蛋說吃自己內褲老套了，要改吃其他人內褲。

熊哥說對，改吃其他人內褲，說完轉身點名一個胖嘍囉脫內褲。

所有嘍囉們鬨笑起來，說那胖嘍囉一禮拜換一次內褲，還問他今天第幾天了。

胖嘍囉有些害羞，背過身脫褲，說才穿第六天而已，沒有很髒。

黃景天癱跪在地，哽咽哀求熊哥別這樣為難他，突然見到一旁扔在地上的長褲口袋裡，隱隱閃著青光，露出一塊東西——

四靈陰牌。

他覺得奇怪，他記得自己明明將陰牌放回行李裡了，為何此時在他褲袋裡？

熊哥也瞧見那青光閃爍得十分詭異，伸手將陰牌取來仔細翻看，兩隻眼睛猛地一瞪，瞅著黃景天神祕一笑。

胖嘍囉一手摀著胯下，一手捏著髒黃內褲，笑嘻嘻地走向黃景天，卻被熊哥揚手攔下。

「把他架起來！」熊哥揚手一指，大聲喝叱——但他所指之人，不是黃景天，而是鴨蛋。

連同黃景天、鴨蛋在內的所有人，都愣住了，他們都不明白，為什麼熊哥手指鴨蛋，而非黃景天。

「呃……」鴨蛋打著哈哈，吆喝起其他嘍囉，伸手指向黃景天，說：「對啊，快把酒空天架起來！」

「我是在說——你！」熊哥一巴掌搧在鴨蛋臉上，將鴨蛋搧翻倒地，大喝。「你這臭小子成天弄狗相咬！」他這麼說時，朝著身旁小弟怒吼。「你們沒聽見我說話，把鴨蛋架起來！」熊哥這麼說時，轉頭讓黃景天把衣服穿上，還令小弟奉茶請菸。

黃景天愣然穿回衣服，接過嘍囉遞來的菸，不解地看鴨蛋被幾個嘍囉架起、掐開嘴巴，硬生生將那件特大號髒黃內褲塞進他嘴裡，然後乾嘔得死去活來的樣子。

直到熊哥喝令嘍囉鬆開鴨蛋，轉身將陰牌交還給黃景天時，黃景天見到熊哥肩上隱隱搭著一隻戴著紅鐲的蒼白纖手——

這隻戴著紅鐲的手他昨晚在夢裡見過，正是三鬼奴裡那隻女鬼的手。

他終於明白，昨晚的夢，不只是夢。

參

「洛熙，有鬼上門了。」

鳳仔在頂樓鐵皮棚架高處，望著那翻過女兒牆攀入樓頂的男鬼。

男鬼穿著破爛襯衫和西裝褲，提著一只髒袋子，兩個眼瞳像是斜視無法對焦般分別望著左右，一跛一跛走向門旁紙箱。

母貓似乎看得見鬼，遠遠見男鬼走來，立時走出紙箱，拱背炸毛，嘴裡發出陣陣威嚇哈氣聲。

男鬼咧嘴一笑，從髒袋子裡捏出一條魚，拎在手上搖來晃去。

那條魚彷彿像是受了輻射污染般怪異，兩隻凸眼猶自轉動，還閃閃發光，顯然不是陽世的魚，是陰間鬼魚。

「這傢伙是盜虎團的？」

姜洛熙帶著陌青走出便利商店，盯著手機螢幕上那居高臨下的拍攝畫面，只見男鬼拎著鬼魚，笑嘻嘻地往前走向母貓和一窩小貓。

鳳仔回報：「鳳仔也不確定他是不是盜虎團的，不過……專業的盜虎團，手法應該更漂亮，不會這樣笨笨的。」

「也對。」姜洛熙見那男鬼又往前幾步，立刻問：「將軍呢？將軍不在頂樓？」他才問完，立時見到一個橘影從花盆間鑽出，躍在男鬼背後，正是橘貓將軍。

男鬼猛地一顫，緩緩轉身，見到將軍兩隻眼睛金光閃耀，嚇得將手中鬼魚落在地上，跟著哆嗦半晌，才彎腰撿起鬼魚，顫抖地遞向將軍，擠出笑容說：「下壇將軍……下壇將軍好……我……我有冤屈呀，我能向您申冤嗎？」

鳳仔在上方嚷嚷叫著：「老兄，有冤屈去底下找陰差說，別來騷擾陽世貓兒。」

「陰差……」男鬼兩隻眼睛浮現怒意，臉上爬起黑紋，露出凶容，恨恨地說：「我就是被陰差欺壓……所以才……溜上陽世，想辦法找點東西治他們……我的鬼兄弟說，虎爺貓乩屎尿……能將陰差熏得睜不開眼……」他這麼說完，立時蹲下，拎著那鬼魚在將軍面前搖搖晃晃。「來，吃魚，吃完賞我點屎，好嗎？」

將軍佇在原地，一動不動，冷冷瞪著男鬼。

鳳仔說：「將軍又不是笨蛋，你那條魚那麼醜，一看就很難吃，他不會吃的。」

「不吃？」男鬼歪著頭說。「為什麼不吃？貓不是吃魚嗎？吃啊……」他邊說，邊拎著鬼魚往將軍嘴邊湊，但見到將軍凌厲眼神，連忙縮回手，轉頭望著身後母貓和一窩小貓，喃喃說：「大貓不愛吃……那……給你們吃好了……你們也是貓乩，對吧，鬼兄弟說這兒有窩新生小貓乩……就是你們對吧，來……吃魚……」

男鬼雙膝抵著地，一手按著地、一手提著魚，笑嘻嘻地往母貓和小貓爬去。

「喵吼——」一聲凌厲貓喝自男鬼背後響起，男鬼感到背後神力逼來，驚恐轉身，只見橘貓將軍背後揚起金黃披風，兩隻貓眼金光乍射，正想講些什麼，便見將軍舉起貓爪，凌空輕輕一按。

一隻巨大虎掌按上男鬼肩頭，利爪扣入男鬼肩裡。

男鬼正驚叫出聲，將軍揚爪一甩，身前金光大虎爪唰地將男鬼大力甩拋上天，像是全壘打般飛出老遠。

鳳仔飛出棚架、飛上半空，像是想瞧那男鬼究竟能飛多遠，還嚷嚷叫喊：「老兄，別再來啦，不然下次將軍不是扔你，是吃你啦！」

凸眼鬼魚在空中轉了幾圈，落在將軍面前。

將軍小爪按下，半透明的大虎爪壓下，將鬼魚踩了個稀巴爛。

將軍望了母貓和小貓幾眼，舔舔爪子，默默轉身走回花盆後頭。這幾天被將軍趕跑的野鬼，多達數十隻。

母貓走回紙箱，一路伸爪將幾隻搖著屁股爬向花盆的小貓們全撈回身邊，不准他們再接近雜物堆。

小貓們才安靜下來，突然又紛紛豎起腦袋，探頭往紙箱外望。母貓也再次走出紙箱，警戒望著四周。

「好煩喔！又有東西來了！」鳳仔四顧張望，只見隔壁加蓋棚底一堆雜物箱頂上，站著兩個小女孩。

像是一對小姊妹，妹妹捧著一只貓罐頭，姊姊抓著筷子和塑膠袋，遠遠望著母貓和小貓。

鳳仔飛到兩戶交界矮牆，望著小姊妹倆手中的袋子、筷子和貓罐頭，說：「妳們也是來撿貓乩屎的？」

小姊妹像是被開口說話的鳳仔嚇著，哆嗦躲到姊姊背後。

「別怕別怕，鳳仔不吃鬼。」鳳仔這麼說，抬爪指向藏在花盆堆裡那雙精銳眼睛，說：「可是那裡有隻大老虎會吃鬼，妳們怕不怕？」

「怕……」小姊妹一齊點點頭。

「妳們怕大老虎。」鳳仔說：「還是想來撿老虎大便？」

「我……我們不要老虎大便，只要小貓的大便就好了……」妹妹說到這裡，怯怯地問：「可以嗎？」姊姊連忙補充說：「壞老頭收買壞鬼附在媽媽身上，想害死她跟她肚子裡的妹妹，奶奶說貓乩大便能嚇跑壞鬼，要我們撿回家救媽媽……」

「什麼？妳說什麼？太複雜鳳仔聽不懂！妳再說一遍……」鳳仔纏著追問老半晌，依舊沒能完全明白這對小姊妹說什麼。

但針孔鏡頭另一頭的姜洛熙和陌青倒是聽懂八成——

小姊妹死於兩年前一場車禍，當時她們一個八歲，一個六歲。

小姊妹死後，被逝去的奶奶接下陰間排隊等輪迴，奶奶定時持著陽世許可證帶小姊妹上陽世探望父母。

最近當她倆知道媽媽再次懷孕，知道自己不久之後會多個妹妹時，開心極了。

但小姊妹不知道的是，她們爺爺奶奶過去在陽世有個老仇家，那老仇家生前發誓要看他們家族絕子絕孫，死後成了鬼，當真說到做到，花錢收買一批陰間惡鬼，上陽世製造車禍。

小姊妹便死於那場車禍。

兩年後，老仇家得知小姊妹父母想懷第三胎，再次托夢請家人燒下大筆冥錢，打算收買更凶的傢伙，將小姊妹父母一齊收掉，徹底斬草除根。

得知消息的奶奶氣急敗壞地去找老仇家理論，請他高抬貴手，別將上一代的恩怨，遷怒在下一代和下下一代身上。

老仇家卻差遣惡鬼打手將奶奶打個半死不活——數年前，小姊妹的爺爺，也是這麼被老仇家使喚打手打得魂飛魄散。

奶奶拚死逃回陰間住處，帶著小姊妹逃上陽世躲避惡鬼追殺，同時又擔心在世兒子安危，就想撿些貓乩糞便暗中擱入兒子家中花盆，預防仇家上門。

奶奶帶著小姊妹打聽多時，終於從一個陽世老鬼口中打聽到這附近有窩新生小貓，剛出生就引來群鬼圍觀，都說有窩厲害貓乩降世了。

但此時，惡鬼已經找上小姊妹家，附上小姊妹媽媽身子。

奶奶不顧魂傷，也進了媳婦身子，和惡鬼對峙僵持起來。

小姊妹為了救奶奶、爸媽，以及那未出世的妹妹，因此找了貓罐頭和塑膠袋，硬著頭皮來撿點貓屎。

「妳們才死兩年就能摸著陽世實物……也算有天分了……」鳳仔望著小姊妹手中的貓罐頭喃喃自語，突然搖搖頭，說：「等等、等等！妳們說媽媽被惡鬼附身，那她現在在哪裡？」

「在家……」小姊妹這麼說。「已經好幾天了。」

「好幾天？」鳳仔問：「那妳們爸爸呢？」

「被媽媽綁起來了。」小妹妹抽噎著說：「媽媽要拿刀殺爸爸……」姊姊立刻糾正妹妹的話。「是壞鬼要殺爸爸，奶奶在媽媽身體裡阻止壞鬼。」

「鳳仔——」姜洛熙忍不住插嘴。「問她們家在哪！」

「對！」鳳仔急急忙忙說：「小妹妹呀，妳們不用撿大便，快說妳們家在哪？洛熙會去救妳爸媽！」

「洛熙……是誰？」小姊妹困惑地問：「他有貓大便嗎？」

「洛熙沒有貓大便，洛熙有尪仔標，洛熙是——」鳳仔揚翅說：「太子爺乩身！」

□

姜洛熙聽鳳仔問出小姊妹住家位置，也顧不得腳踏車還停在附近，立即跑到街口，招了輛計程車，急急趕去小姊妹家——這件事雖然不是太子爺發給他的籤令，但倘若他不處理，又該交給誰來處理呢？

「鳳仔，我上車了，你帶她們過來跟我會合。」姜洛熙在計程車上持著手機和鳳仔通話，見螢幕拍攝畫面飛上高空、飛向大道，遠遠甚至能夠瞧見自己所乘計程車，知道鳳仔已經帶著小姊妹跟上計程車，便伸手摸摸口袋。

他口袋裡有四張尪仔標，一張風火輪、兩張混天綾、一張金磚——這是姜洛熙目前能夠使用的三種法寶，除非遭逢緊急狀況，全張尪仔標上另外四寶才會出現拆痕，供他救急。

然而此時那全張尪仔標，在他家供桌抽屜裡，不在他身上。

他望著手中四張尪仔標，取出混天綾塞入口中，用舌尖抵在上顎、含在口中，又將風火輪塞進球鞋後跟處。

他默默望著窗外街景，猜想太子爺是否已經得知這次事件、是否正透過自己的雙眼，看著相同的街景。

半小時後，姜洛熙下車，走入老舊社區巷弄。

鳳仔領著小姊妹，自空飛下與姜洛熙會合。

小姊妹奔過姜洛熙身邊，快速奔入巷弄深處，不時笑嘻嘻地回頭朝姜洛熙招手。

姜洛熙緊追在後，卻見小姊妹踩著風越跑越快，回頭瞅著他笑時，神情也不像先前那樣恐懼不安，反倒像是來到樂園的孩童般開心雀躍。

正當姜洛熙開始感到小姊妹倆有些古怪時，便見她倆飛進一處公寓鐵門，探頭出來朝他招手，還替他開了鐵門。

他氣喘吁吁地追去，跟著小姊妹一路奔上公寓四樓一戶鐵門前。

小姊妹再次探身進房開門，拉著姜洛熙走進房裡。

房中空空如也，是間空房。

「怎麼回事？妳們媽媽呢？」姜洛熙正錯愕間，卻感到小姊妹揪著他雙手的勁道大得異常。

小姊妹二話不說，一左一右將姜洛熙雙腕扭至身後，飛快替他雙腕套上一只黑繩圈，用力束緊，將姜洛熙雙手縛於背後。

下一刻，妹妹躍上姜洛熙肩頭，用黑布袋罩住姜洛熙腦袋，大力拉扯袋口束繩、勒緊布袋。

姊姊則迅速戴上一只黑色手套，摸找姜洛熙衣褲口袋，從他外套口袋摸出兩張尪仔標，再捏著尪仔標反摘手套，將手套當成袋子裹住尪仔標，打結之後藏入自己口袋。

「找到啦！這就是太子爺乩身的法寶吧，帶回去給鐵二哥！」

小姊妹倆整套動作俐落得和她們外觀年紀完全不符。

「唔！」姜洛熙被黑布袋罩著腦袋，急急咬嚼事先藏在口中的尪仔標，招出混天綾自頸間布袋縫隙鑽出，四面亂捲掃打老半晌，直到聽見鳳仔在他腦袋旁嘰嘰怪叫，這才停下動作。

「怎麼回事？」姜洛熙急問：「那兩個小妹妹是怎麼回事？」

「鳳仔不知道，鳳仔追上來時，小妹妹就飛走了！」鳳仔踩在姜洛熙肩頭，嘰嘰嘎嘎地咬鬆罩著姜洛熙腦袋那黑布袋束繩、咬下布袋，跟著飛在姜洛熙身後，又扒又咬地替姜洛熙解開黑繩圈，仍是在驚慌失措嘰嘰亂叫。

「她們搶走我的尪仔標……」姜洛熙急忙摸找口袋，兩張尪仔標確實已不在口袋裡。「難道……她們跟盜虎團是一夥的？」

姜洛熙剛說完，手機已經響起，是陌青打來的，她刻意壓低聲音，似乎有些緊張。

「洛熙，樓頂有點狀況……」

□

自花盆後方走出的將軍，雙眼精光四射，瞪著對面樓頂水塔上的傢伙。

比起前幾日那些遊魂野鬼，水塔上那傢伙一身凶邪殺氣濃烈異常。

小貓們不像先前那樣好奇地探頭探腦，都嚇得躲在母貓身後，母貓也不敢輕易踏出紙箱，而是壓低身子，隔著將軍的背影偷望那傢伙。

將軍背上金黃披風再次張開，一反先前那優雅從容的模樣，反而毛躁地怒容畢現，彷彿如臨大敵。

將軍緩緩往前走，步伐輕盈而慎重，兩隻眼睛金光閃耀，微張的嘴巴不時呼出淡淡金風，跟著縱身一躍，躍上女兒牆牆沿。

下一刻，水塔上那傢伙身影一閃，也站上對樓牆沿，他腦袋低垂，雙臂也垂著，雙手分別提著一把柴刀。

兩把柴刀染滿鮮血、刀刃滿布卷口，瀰漫著濃烈且不只一人的亡者氣息。

將軍毫不畏懼，背後若隱若現地浮出一個巨大虎影，虎影微微張口，喉間發出一陣低沉沙啞的聲響，像是對前方那凶邪男人發出威嚇。

男人微微抬頭，亂髮下一雙眼睛瞅了瞅將軍，嘴角微微一笑，將柴刀舉至嘴邊，伸舌舐著刃上鮮血，呢喃說：「一窩……六隻小崽子……怎麼吃？清蒸、紅燒……還是活切？嘻嘻……」

「嘶哈——」將軍像是被男人這話激怒般，猛地張嘴哈氣，倏地飛蹦上天，在空中張開金黃披風，彷如生出翅膀般，凶猛撲向對樓男人。

男人彷彿料到將軍會暴怒突襲，往後跳回水塔上，笑笑朝著將軍搖晃手上柴刀。

「不對……再加上母貓跟你這大貓，一共八隻，熬成一鍋，可以吃撐了……」

男人邊說邊退，將軍凶猛狂追，一貓一鬼來到了整排公寓最末端。

男人向後仰躍，雙眼望著將軍，飛墜下樓，落在暗巷一輛黑色大貨車頂。那黑色大貨車的貨廂上貼著百張黑符，瀰漫著陰邪氣息，顯然不是陽世貨車；這「男人」自然也不是陽世活人，他仰頭朝著站在牆沿的將軍搖晃起手中柴刀，說：「下來啊，怎麼不下來？」

將軍又哈了口氣，正想往樓下躍，突然察覺不妙，急急轉身往小貓方向奔。

「將軍——」陌青急急飛來，對著回來的將軍大叫：「有鬼要抓貓！」

將軍火急奔回剛剛男人現身那水塔上，只見對樓套房門口紙箱旁有兩隻鬼，一隻鬼提著黑布袋，另隻鬼抱起母貓扔入黑袋，兩隻鬼揪著黑布袋口打了死結。

「吼——」將軍暴怒躍向對樓。

兩隻鬼動作也快，一見將軍躍來，立時提著黑袋奔到牆邊，翻牆躍入防火窄巷。將軍也隨即翻牆躍下，蹦過一戶戶人家鐵窗，從四樓追至一樓、從小巷追上大街，只見前方路口衝出一輛黑色貨車，疾駛到兩鬼身前，任兩鬼攀上車身，然後隨即加速疾駛。

貨車駕駛探頭出窗往後望，正是剛剛那手持染血雙刀的傢伙。

兩鬼提著黑布袋、揭開貨廂門、鑽入貨廂裡，還從半敞的貨廂門裡探出腦袋，朝著後方緊追不捨的將軍訕笑揮手說再見。

「吼——」將軍雙眼怒光暴射，小小的身子越奔越快，竟逐漸追上黑色貨車，跟著猛力一蹦，火箭般拔地竄向貨廂。

「來了！」「快跳！」兩鬼嚇得扔下黑布袋，飛撲跳車。

躍入貨廂內的將軍，並未去追跳車兩鬼，而是張開雙爪摟著貨廂裡那不停掙動的黑布袋，試圖安撫袋中母貓小貓，同時仰頭張望貨廂四周——

原來貨廂內側同樣貼滿黑符，且紛紛亮起異光。

將軍察覺不妙，叼起黑布袋準備跳車，但黑色貨車陡然急煞打橫，貨廂門也磅地關上。

貨廂裡，一張張黑符紛紛化為黑色支條，結成一座和貨廂差不多大的黑色牢籠，把將軍囚於其中。

黑貨車駕駛——那柴刀鬼笑嘻嘻地開門下車，領著跳車兩鬼，立在貨車旁，瞧著整輛貨車轟隆震動，同時伴隨著暴怒虎吼。

「鐵二哥，這大老虎力氣這麼大……會不會把囚虎籠撞壞啊？」跳車兩鬼望向那叫作「鐵二」的柴刀鬼，怯怯地說：「剛剛那貓乩裡的虎爺，算是『大虎』吧？」

「不只。」鐵二搖搖頭，笑著說：「我打聽過了，那隻下壇將軍是最高級的『猛虎』——你們放心，我們車裡這籠子是秋哥砸大錢請師父造的，那師父打造囚虎籠的假想目標，不只是猛虎而已。」

「不只是猛虎？」兩鬼互看一眼，不解問：「天上下壇將軍營裡不就只分『猛虎班』、『大虎班』、『小虎班』跟『幼虎班』這四個班級？」

鐵二嘿嘿一笑說：「你們忘了還有隻總教頭？」

「總教頭？啊！」兩鬼驚訝問：「鐵二哥你是說那大道公手下那隻會說話的大黑老虎！」

「就是那隻黑虎。」鐵二說：「造籠子的老師父，一百年前被那大黑虎咬掉半邊臉，一直記恨在心，花了很長時間研究陷阱，就想有天能逮著那大黑虎，燉了吃下肚來報仇——哪怕剛吃飽就被大道公逮著斬掉腦袋也死而無憾——秋哥是這麼跟我說的。」

「這樣啊……」兩鬼依舊有些害怕，足足等待數分鐘，虎吼和震動才漸漸平息。

鐵二大著膽子湊近貨廂，揭開廂門，只見橘貓將軍伏在囚虎籠中央，摟著黑布袋不住喘氣。

橘貓將軍身後，還若隱若現一隻剽悍巨虎——虎爺將軍。

「你們看，我說沒說錯吧。」鐵二轉頭瞅著兩鬼笑說：「真的困住他了。」

「鐵二哥小心！」兩鬼同時尖叫。

鐵二剛回頭，便見橘貓將軍已竄到籠邊，半邊身子探出欄杆縫隙，小爪揮過鐵二鼻子。

但鐵二是鬼，橘貓將軍的陽世爪子觸不著鐵二。

虎爺將軍同時揚起的巨掌，則被結結實實阻在囚虎籠內側——這乍看之下欄杆間隙甚寬的黑色牢籠，對虎爺而言，實則像是座密不透風的厚牆牢房。虎爺將軍困在其中，連一根爪子都無法自欄杆間隙透出。

「吼——」橘貓將軍與虎爺將軍同時張口怒吼，虎爺將軍巨口吼出的金風，將籠內的黑布袋吹得滾動數圈，但仍無法透出欄杆間隙、傷不了籠外群鬼。

「這樣你們放心了吧。」鐵二倚著囚虎籠瞅視兩鬼，還笑著伸手逗弄那探頭出來朝他咆哮的橘貓將軍下巴。

兩鬼這才湊近車尾，一齊仔細打量虎爺將軍，興奮地說：「秋哥要我們想辦法找隻小虎就夠了，沒想到我們抓到猛虎呀！」「鐵二哥，猛虎跟小虎，價錢不一樣吧？」

「廢話！」鐵二招手吆喝兩鬼上車，關門發動引擎，緩緩駛動。「猛虎價錢起碼要翻百倍！」

「百倍？那我們不是發財了！」

肆

「笨蛋笨蛋——」

飄著點點灰燼的陰間巷弄，迴盪著怪異罵聲。

倪飛倚在巷弄牆邊，撩高面具，用手機自拍模式，檢視嘴角和眼窩處的傷口。

一隻巴掌大的和尚鸚鵡在倪飛頭頂上方，這是太子爺賜給倪飛的籤鳥——「羅漢」。

羅漢灰腹藍背，有顆渾圓腦袋、一雙小眼和短短的喙，模樣十分可愛，但此時責備倪飛時的語氣卻尖酸刻薄。「你怎麼不等他喝更醉才動手？你怎麼這麼笨？」

「我以為他已經醉啦！」倪飛惱火說：「他走出快炒店時就醉了吧！」

「他都醉了你還打不過他？」

「他……是大人耶！是流氓耶！」倪飛辯解說：「我又沒跟人打過架！我不會打架！」

「什麼！天庭戰神中壇元帥太子爺乩身竟然不會打架？」羅漢嘰哩咕嚕地說：「丟人丟人！」

「煩死了！」倪飛拉回面具，轉身走出陰間窄巷，燒六角符變出一台滑板車——這些六角符滑板車，是他參考數款陰間商品之後，仿製而出的小道具，時效只有數十分鐘。

他踩著滑板車往自家方向滑，一路思索今夜計畫到底哪裡出了差錯。

太子爺令他從黃景天身上奪回四靈陰牌，但黃景天手下有一票流氓嘍囉，即便是單挑，僅是青少年的他，也打不贏人高馬大的黃景天，因此他才決定布置陷阱將黃景天拐入陰間嚇得他服服貼貼，逼對方自己交出陰牌。

但這黃景天顯然得到四靈陰牌裡的鬼奴鼎力相助，不但不怕鬼，且對陰間事物略知一二，如此一來，很難嚇著他。

「難道要我穿上木孩兒跟黃景天硬碰硬？」倪飛歪著腦袋，除了目前開放權限的三寶和自製小道具之外，他還有一款祕密武器——大枷鎖木孩兒。

他那木孩兒雖然只是試作品，但穿戴上身，能夠讓他力氣倍增。

然而木孩兒的缺點，也是力氣倍增——沒學過格鬥也沒特別鍛鍊身體的倪飛，之前嘗試穿戴木孩兒擊打枕頭，卻因為無法控制力道，將自己指骨擊斷的痛苦記憶，至今令他餘悸猶存。他造木孩兒是為了賣錢，不是要自己穿上打架，因此並未依照自身肉體機能下修力量。

自然，要下修大枷鎖力量在技術上能辦到，但一來須要花費數個月時間；二來下修力量之後的木孩兒，究竟打不打得贏四靈陰牌，又是另一個問題。

「陽世肉身在陰間很硬，如果我在陰間用木孩兒……不對，黃景天也是陽世肉身，就算在陰間，我穿上木孩兒用拳頭打他的臉，我的手跟他的臉都會爆掉，不行……」倪飛抓頭苦思。「怎麼辦呢？有沒有不用木孩兒就能打贏黃景天的辦法？還是……跳過黃景天，直接跟四靈陰牌裡的四靈打？」

「笨蛋笨蛋！」羅漢飛在倪飛身後破口大罵：「太子爺有吩咐過，你那些陰邪道具平時不能想用就用，尤其是那木孩兒！要經太子爺許可。」

「那不然現在怎麼辦？」倪飛惱火反問：「他又不是普通的酒鬼！他除了有三隻鬼幫忙，背後還有角頭老大撐腰，每天都有一堆小流氓保護他……那個角頭老大也不是普通的角頭，他親戚是立法委員耶！」倪飛說到這裡，像是想到什麼般停下滑板車，喃喃說：「角頭老大……對啊！我怎麼沒想到？」

「你想到什麼？」

「我想到……我應該從那個角頭老大下手。」

「從角頭老大下手？」

「對啊，黃景天那批跟班，不是他自己養的，他們都是那位熊哥的人。」倪飛說：

「熊哥會挺他，是因為被四靈陰牌裡的鬼迷了，如果我能讓熊哥清醒，熊哥就會主動修理黃景天了！」

「好，那笨蛋你要怎麼讓熊哥清醒？」

「我要先找到熊哥，搞清楚他到底怎麼被迷的。」

「那你快找熊哥。」

「我不知道熊哥住哪，不過……」倪飛取出手機，點開黃景天昨晚酒後的直播影片，影片裡，剃著個大光頭、眉毛也稀稀疏疏的鴨蛋，恭恭敬敬地替黃景天跑腿買酒和小菜。

影片裡的鴨蛋儘管乖順，但眼神也隱隱流露出怨恨和不甘。

□

「你知道熊哥為什麼挺黃景天不挺你嗎？我知道喔。」

「你想讓熊哥重新挺你嗎？」

「我幫你。」

午夜時分，鴨蛋坐在馬桶上，盯著社群軟體帳號上收到的這則陌生訊息，驚訝得合不攏嘴，他點開訊息帳號，這帳號是新申請的，大頭照是一張怪物面具。

他顫抖地打字回覆這則訊息，問對方是誰、問對方要怎麼幫他？

「你現在來這個地方，我會告訴你一切，也會全力幫你。」

簡短訊息之後，附上一處地址，那是市郊一處爛尾樓。

他想也不想，立刻擦屁股沖水，換上外出服裝，下樓發動機車，趕往訊息上那處指定地點——他太想要贏黃景天了，雖然他跟黃景天除了過去在網路直播上有些口角糾紛外，壓根沒有什麼過節，但不知道為什麼，他就是看黃景天不順眼，他就是想把黃景天的腦袋踩在地上，狠狠地嗆他、羞辱他，逼他向自己磕頭。

先前他和熊哥混得熟稔，在熊哥大力相挺下，可把黃景天整慘了，但不知怎地豬羊變色，熊哥改挺黃景天，反過來吆喝小弟幫黃景天欺負他，逼他剃了個大光頭向黃景天賠罪，幫黃景天打掃住家、跑腿打雜。

黃景天令他掃廁所，還不准他用馬桶刷，要他拿菜瓜布伸手進馬桶，刷淨每一吋縫隙。

最後要他撈馬桶水洗臉，表示馬桶真洗乾淨了。

並且全程直播。

他恨透黃景天了，他覺得即便自己先前也逼黃景天做過一模一樣的事，且一樣全程直播，但黃景天也不能這樣對他——他覺得黃景天壓根不配與自己平起平坐，他目前輸了，但之後一定要贏回來，還要加倍奉還。

一小時後，他抵達爛尾樓工地，停妥機車，緊張兮兮地跨過雜草叢生的建地，走進爛尾樓內，壓低聲音呼喚幾聲，只見不遠處樓梯上亮起光來。

倪飛戴著鬼臉面具，亮著手機朝他揚手。

伍

漫天星斗下，小姊妹手牽著手，半飛半跑地奔過一片片田地，奔向前方一處廢棄工業廠區。

小姊妹見到黑色貨車停在廢棄工廠車庫外，興奮嚷嚷叫喚：「前面就是黑風號！」「鐵二哥，我們弄到好東西了！」

她倆飛奔到黑色貨車前，興奮向鐵二展示盜來的兩片尪仔標。「你看……」

但鐵二持著手機，氣急敗壞地和電話那端爭執，無暇理會小姊妹。

小姊妹倆覺得自討沒趣，走到鐵二兩個跟班旁，問：「鐵二哥跟誰講電話？怎麼這麼生氣？」

「是方禮白。」兩個跟班鬼說：「鐵二哥好像不滿意他開的價碼……」

「姓方的——」鐵二對著手機大喝：「我不信你說的話！晚點我直接找秋哥談！」

鐵二掛上電話，爆罵一串髒話，氣得握拳往身旁廢棄廠房牆壁重重一搥。

「怎麼了？」「鐵二哥？」跟班兩鬼和小姊妹怯怯走近鐵二，問：「他們開多少錢？」

「那個姓方的說連籠子一百億。」鐵二揚手指著黑色貨車。

「什麼？」「一百億？」跟班兩鬼和小姊妹不可置信地說：「光是那個籠子就花了我們五十億啊……」

「就是啊！」鐵二翻了個白眼，恨恨地說：「我們籠子裡除了一窩小貓乩跟一隻大貓乩之外，還有一隻猛虎班的大老虎，一百億？哼哼……」

在陰間，通貨膨脹極度嚴重，各種商品價目超乎陽世凡人想像。

「那傢伙仗著跟秋哥關係好，想當中間人狠狠撈一筆，我要自己跟秋哥談……」鐵二惱火瞪著手機，像是猜測秋哥此時行程——倘若秋哥現在正忙著和新勾搭上的女鬼談情說愛，那麼應當別打擾他。

「可是、假如……那價錢是秋哥本人的意思，那怎麼辦？」跟班鬼這麼問。

「那我改找竇老仙談。」鐵二瞪大眼睛答。

竇老仙是陰間最大幫派春花幫裡的資深長老，而秋哥——卓火秋，則是春花幫近兩年新崛起的剽悍勢力。這一老一少近年在春花幫內鬥得不可開交、勢如水火。

「哇？」兩個跟班鬼聽鐵二要找竇老仙談，可嚇得合不攏嘴。「鐵二哥你想轉投靠竇老仙？」「這樣不就等於跟秋哥撕破臉了？」

「撕破臉？」鐵二不以為然地說：「我跟秋哥就是生意上的合作伙伴，我又不是他手下小弟。我們為了接這筆生意也砸下重本，要是跟秋哥談不成，改找別人談，有什麼不對？反過來講，我們跟秋哥合作，不也等於跟竇老仙為敵嗎？」

「也是……」兩鬼和小姊妹你看看我、我看看你，像是開始認真思索，究竟是跟秋哥撕破臉危險、還是跟竇老仙為敵危險。

「好樣的！」鄰近響起一個古怪說話聲。

不遠處一間車庫鐵捲門喀啦啦上揚，縫隙颳出陣陣焦臭陰風。

一個身穿鮮艷皮衣皮褲的男人冷傲走出車庫，身後還帶著幾個跟班。

「鐵二，你剛剛說的話，我都聽到囉。」皮衣男人走到鐵二面前，瞅著他冷笑。

「你聽到又怎樣？」鐵二扠手瞪著皮衣男。「我哪個字說錯了？就算當著秋哥面，我也這麼說——怎麼？怎麼一聽見我要直接找秋哥，嚇得親自上來見我了？姓方的，你真以為秋哥寵你，就可以打著他的名號騙吃騙喝，什麼都要撈一手啦？」

「第一！我不喜歡人家叫我『姓方的』，我有姓有名，方禮白，記住啊。」方禮白一雙眼睛冷如毒蛇，右臉頰上有塊毒蠍刺青，毒蠍尾巴隱隱晃動，彷彿活著一般。

「第二，秋哥把這件事交給我全權處理，你要另外找秋哥談我是無所謂，但我今晚任務，就是把老虎帶回去給秋哥。」

「帶老虎走可以。」鐵二扠著手說：「籠子裡六隻幼貓、一隻母貓、一隻大公貓，外加一隻猛虎班虎爺，全部五千億，你想分開買也行，想要哪隻，自己挑吧。」鐵二走到黑色貨車尾端，揭開貨廂門。

籠中橘貓將軍伏低身子，擋在黑布袋前。

橘貓將軍身後的虎爺將軍儘管已不像先前那樣暴躁，但仍凶惡瞪著鐵二，像是恨不得一口吞了他。

「哇——」方禮白探頭瞧了瞧貨廂裡頭，面露驚訝地說：「我以為你吹牛，沒想到真讓你弄到虎爺了？」

「對啊對啊！」「還是猛虎班的。」兩個跟班鬼湊到鐵二身旁，笑嘻嘻地說：「貨真價實的猛虎班虎爺啊，這價碼很合理吧……」

「既然你弄到真虎爺，那價錢是應該提高點，不然我心裡也過意不去。」方禮白想了想，說：「加倍給你，兩百億。」

「全、部、五、千、億。」鐵二冷冷說：「不買就滾，我另外找買家……」

「那個誰，把車開回去。」方禮白回頭向身後隨從使了個眼色，跟著從口袋掏出一張支票，鼓嘴將支票吹上半空。「一百億的票，先當訂金，驗貨之後，再通知你拿剩下的一百億。」

支票在空中飄了幾圈，自動折成一隻紙鶴，飛到鐵二面前盤旋。

鐵二卻不伸手去接，而是提著一雙染血柴刀，攔下方禮白派去要開車的嘍囉。

「五千億——我說三次了，少一毛也別想帶走老虎。」鐵二露出厲鬼凶容，瞪著方禮白。「現在距離天亮還有時間，我可以等你籌錢。」

「……」方禮白臉上那隻毒蠍刺青緩緩搖動尾巴，冷笑說：「你真要撕破臉啦？」

「我只打算做生意，不打算被搶，是你想撕破臉。」鐵二舉起柴刀，向方禮白招了招：「來，我讓你撕。」

「好。」方禮白嘿嘿一笑，抖抖雙手，十隻漆黑如墨的指甲倏地伸長數吋，揚手一招，領著十餘名嘍囉走向鐵二。「你要我撕，我就撕。」

鐵二不甘示弱，領著小姊妹和跟班二鬼一齊露出凶相，朝著方禮白齜牙咧嘴。

「偶依偶依、偶依偶依偶依——」

鳳仔抓著全張尪仔標，飛到眾人上空，模仿警笛聲響，還嘰喳亂叫：「大膽惡鬼，竟敢綁架下壇將軍，還不乖乖束手就擒！」

「又是誰在說話？」「啊！是那隻鳥？」「那是什麼鳥？」

兩邊人馬東張西望半晌，抬頭卻見那說話聲，竟來自一隻玄鳳鸚鵡。

「什麼鳥不鳥！吾乃天庭戰神中壇元帥太子爺接班乩身洛熙貼身護衛兼生活小老

師之超級可愛鸚鵡將軍——鳳仔，是也！」鳳仔東張西望說：「洛熙！我幫你帶尪仔標來了，嗯？洛熙人呢？」他邊說，邊飛到兩路人馬之間，左看看右看看。「這個不是洛熙、這個也不是洛熙……」

「鳳仔——」陌青自遠處樹叢探出頭驚呼，她一路尾隨黑色貨車，沿途不時向姜洛熙報告當前位置，遠遠見兩方人馬發生爭執，便靜觀其變，等待姜洛熙過來救援，誰知道來的只有鳳仔。「洛熙呢？怎麼只有你過來？」

「洛熙的尪仔標被兩個小騙子搶了，鳳仔回家幫他拿尪仔標，他報了位置給我，要我飛來跟他會合，結果鳳仔來了，洛熙還沒到？」鳳仔轉頭方禮白和鐵二說：「那鳳仔不打擾你們，鳳仔先離開，等等再來。」他說完，振翅向上，但已被剛剛那對小姊妹飛到頭頂，攔住去路。

「啊呀！」鳳仔見到小姊妹竄來眼前，嚇得尖叫：「又是妳們這兩個小騙子！」

「誰說我們是騙子了？」小妹妹一把抓住鳳仔，笑嘻嘻地說：「我們說的都是真的，只不過——那是三十年前的事了，嘻！」

小姊妹先前對姜洛熙說的那段經過，九成九都是真的。

當年小姊妹費了好大功夫，找著了貓屎，卻被鐵二搶了，小姊妹哭著讓鐵二把屎還她們，鐵二不還，說自己也需要貓屎。

小姊妹哭著問那媽媽怎麼辦？

鐵二向小姊妹問清了原由，但仍不將貓屎還給小姊妹，只說自己比她倆更需要這些貓屎，至於小姊妹的媽媽，就由他負責救。

他說他很能打，可以打跑附在小姊妹媽媽身中惡鬼。

小姊妹儘管半信半疑，卻也沒有其他辦法，帶著鐵二回家救媽媽。

當時小姊妹的奶奶不敵惡鬼，被惡鬼啃得魂飛魄散，但鐵二到場，只花了三分鐘，就將惡鬼從小姊妹媽媽身中揪出，一刀斬落腦袋。

之後，小姊妹倆成了鐵二小跟班，隨他闖蕩陰間，四處替他偷貓屎，直至今天。

「這鳥爪子抓的也是天庭法寶？」小姊姊再次戴上黑手套，搶下鳳仔爪上那全張尪仔標，翻看半晌，興奮大叫：「鐵二哥，你看！好大一張法寶！」她飛到鐵二身旁，像是展示獎狀般高高舉起全張尪仔標。「肯定比小片的更值錢！」

方禮白和鐵二本來劍拔弩張，但被鳳仔一鬧，不禁都有些遲疑。方禮白瞪著被小妹妹抓在手中的鳳仔，問：「喂！剛剛你說你是什麼鳥？」

「又來了！什麼鳥！」鳳仔氣呼呼地說：「我是天庭戰……」

鳳仔還沒來得及說完他那一長串頭銜，已被兩邊人馬嚷嚷打斷：「他剛剛說他是太子爺乩身籤鳥？」「太子爺乩身要來插手管事了！」

「沒錯！」鳳仔哼哼叫：「太子爺派洛熙保護下壇將軍尋找接班貓乩，你們盜虎團未免太大膽，不但抓貓乩，連下壇將軍都抓！」鳳仔說到這裡，扭頭怒瞪搶下尪仔標的小姊姊大罵：「臭小鬼！妳知不知道妳手上那東西，是太子爺賜給洛熙的天庭神兵呀！」

「我猜對了！」小姊妹聽鳳仔這麼說，反而更加雀躍，興奮嚷嚷：「鐵二哥，真是天庭神兵耶！那值多少錢啊？可以買下一整棟別墅吧！」

「很好很好，皆大歡喜。」方禮白拍拍手，對鐵二說：「你拿到天庭神兵跟太子爺籤鳥，我帶虎爺回去給秋哥，雙贏。」他這麼說，立時朝手下使眼色。「去開車。」

鐵二見方禮白嘍囉伸手過去開車門，怒氣沖沖地衝上去一腳踹飛那嘍囉，轉頭怒瞪方禮白說：「你不付清我開的價碼，就別想帶老虎走！」

「鐵二你挺倔啊，給我搶——」方禮白揚手一招，十餘名嘍囉一擁而上，圍攻鐵二五鬼。

「哇！」鳳仔被小妹妹抓在手上，與數個方禮白嘍囉你追我跑，嚇得嘰嘰怪叫。

那頭，一處鐵皮工寮破窗亮起光芒，撞出一個身影，正是姜洛熙。

姜洛熙剛剛被小姐妹搶走兩張尪仔標，急令鳳仔回家拿全張尪仔標，自己則摸出藏在鞋裡的風火輪，開鬼門走陰間，一路急奔而來。

在陰間裡，他可以毫無顧忌地催動風火輪全速飛奔，可以踏牆踩車用最短的距離過來。

他左腳踝上鎖著一圈鈴鐺腳鍊，和陌青右腳踝上那串鈴鐺腳鍊一模一樣。只要他閉目凝神，就能感應著陌青右腳鈴鐺腳鍊當前位置，因此即便陌青沒有告知他位置，他也能一路追蹤而來。

姜洛熙奔到兩路人馬前，氣喘吁吁地說：「你們……都是盜虎團的？」

「這是太子爺乩身？」眾鬼見了姜洛熙腳上那風火輪、胳臂裹著混天綾，知道太子爺乩身大駕光臨，紛紛停手。

「洛熙！」陌青飛來姜洛熙身旁，指著鐵二和方禮白說：「那個拿刀的鬼抓走將軍，皮衣鬼是陰間買家，他們價錢談不攏，所以自己先打起來。」

「你們聽好！」姜洛熙抖抖胳臂，令纏著雙臂的混天綾火光更加耀眼，說：「我領太子爺籤令保護下壇將軍尋找接班貓乩，你們快把貓放了！」

「喲……」方禮白揚揚手，將十餘名嘍囉召回身邊，退開老遠，笑咪咪地對姜洛熙說：「小弟弟，你真是太子爺乩身？怎麼跟傳說中的……不太像啊？」他這麼說時，轉頭問嘍囉。「太子爺乩身這麼年輕？」

一個嘍囉回答：「聽說太子爺準備替現役乩身安排接班人，找了幾個實習的……」

「原來是實習生啊。」方禮白哦了一聲，兩隻眼睛閃閃發光，不知盤算什麼。

姜洛熙走向黑色貨車，揭開貨廂門，見裡頭塞著個大黑籠，將軍就囚在籠裡，他瞧了瞧大黑籠，卻沒找著籠門，便對鐵二說：「快打開籠子。」

「……」鐵二瞪眼走到姜洛熙面前，卻不是開黑籠，而是揚起柴刀照著姜洛熙腦袋劈。

「哇！」姜洛熙慌忙閃避，舉起纏繞混天綾的雙臂，和鐵二搏鬥起來——他那混天綾雖只是實習階段法寶，但裹在胳臂上，倒也能硬扛陰間柴刀劈砍。

「快幫鐵二哥！」小姊妹和兩個跟班鬼擁上幫忙，見姜洛熙身上混天綾火光炙熱，都不敢逼得太近。

「別怕，我們又不是沒跟陽世道士法師打過架！」小姊妹氣呼呼地掏出一只古怪小瓶，揭開瓶蓋將瓶中藥液一飲而盡，跟著歪頭咧嘴，雙眼一翻，露出極惡凶相，遠遠朝著姜洛熙發出尖吼。

姜洛熙猛地打了個冷顫，回頭只見小姊姊離地飄浮，頭臉手腳黑紋漫爬，全身發出剽悍魔氣——這身魔氣濃烈程度，遠遠超出他這半年碰上的所有亡魂鬼怪，已經到了令他難以想像的地步。

鐵二迅速竄來，一腳踹在嚇呆了的姜洛熙腰肋上，將他踹倒在地。

姜洛熙揮掃混天綾逼退鐵二，掙扎站起、重擺架勢，但隨即感到另一邊魔氣襲來，這次換那小妹妹露出凶相，眼耳口鼻溢出魔風，彷彿要吞天食地般。

姜洛熙驚恐中又捱了鐵二幾拳，只見鐵二兩個小跟班鬼，也先後露出猙獰面目，渾身噴發恐怖魔氣。

唰——一個跟班鬼甩來黑繩，纏上姜洛熙左腳踝，猛地一拉，將姜洛熙拉倒在地；另個跟班鬼撒出一張黑網，罩上姜洛熙全身。

黑網一裹上姜洛熙身子，立時縮緊包裹，小姊妹一擁而上，掏出古怪噴霧往姜洛熙臉上噴。

姜洛熙受困網中，臉上被古怪噴霧嗆得睜不開眼、呼吸困難，同時被四隻惡鬼身上那不正常魔氣嚇得直冒冷汗，但仍奮力指揮混天綾伸出黑網亂掃，屢次逼退群鬼，令鐵二等一時也拿他沒辦法。

另一頭，方禮白一夥觀戰之餘，不時竊笑私語。「那真是太子爺乩身？怎麼會被『鬼氣瓶』嚇著？」「都說了是實習的。」「鬼氣瓶在陰間便宜得很，是拿來嚇唬不聽話的動物靈的。」「連機伶點的山魅都嚇不著，嘻嘻。」

方禮白倚著牆，冷笑講著電話。「秋哥，鐵二那傢伙說要五千億才願意給我們老虎，我本來打算直接搶，但有個太子爺的實習乩身，突然殺出來跟鐵二打成一團，結果打不贏，現在被鐵二捆進網裡——秋哥，我有個想法，要不要我去救那實習乩身，跟太子爺打好關係，這樣之後我們跟寶老仙開戰時，說不定……」

「你說那是實習乩身？」卓火秋在電話那端打斷方禮白的話，冷冷問：「不是那姓韓的正牌乩身？」

「是。」方禮白點點頭。「這小子看起來毛都沒長齊，應該還是個學生，連太子爺給他的法寶都被小鬼搶走了。」

「是嗎？」卓火秋笑著說：「原來今晚不只有虎爺，還附送神明乩身跟法寶啊，簡直大豐收嘛，哈哈……」

「大豐收？」方禮白愣了愣，問：「秋哥，你這話意思……是連太子爺乩身……也想弄到手？」

「對！」卓火秋說：「我們隨時要跟寶老鬼開戰，各種資源當然越多越好，如果那小子真是太子爺乩身，身體資質必定不得了，我剛好認識一個曾經在喜樂手下工作過的大廚，你想辦法把老虎跟實習乩身都帶回來，我請大廚把他們燉成一鍋，吃下去可不得了啦！」

「……」方禮白儘管驚愕卓火秋做出這種激進指示，但仍點頭應答：「是，我一定不會讓秋哥失望……」他掛上電話，揚手向手下一招。「所有人跟我上。」

鐵二領著四鬼包圍姜洛熙，回頭只見方禮白兩個嘍囉去搶貨車，方禮白自己則領著其餘嘍囉包圍上來，氣得瞪眼大罵：「姓方的，你不只想硬搶老虎，連這菜鳥乩身你也想搶走？」

「對。」方禮白臉上毒蠍尾巴微微甩動，笑說：「我懶得再跟你討價還價，你覺得我是土匪，那就是了。」

他說完，領著手下加入戰局，和鐵二五鬼捉對廝殺起來。

姜洛熙被小姊姊持著古怪噴霧噴了滿臉，又受困黑網內，雙眼刺痛得睜不開眼，耳際聽見一聲尖銳叫喚聲，感到有東西衝來他懷裡，原來是鳳仔。

鳳仔擠到姜洛熙耳邊怪叫：「洛熙！太子爺生氣了，他教你站起來，別躺在地上扭來扭去丟他的臉——」

「什麼……」姜洛熙開始掙扎，突然覺得自己身子力氣大了些，幾下扭動，將裹著他身子的黑網掙得鬆了，同時，刺痛的眼睛也不痛了、腦袋也不暈了。

他睜開眼睛，只見全身縈繞著一道道紅光和白光。

他靈機一動，指揮混天綾纏上黑網，猛地一扯，瞬間扯爛整張黑網。

他隱隱覺得在這紅白光芒繚繞下，就連混天綾的力量似乎也增強幾分。

他站起身，見兩方惡鬼混戰成一團，另一頭黑色貨車則緩緩發動，對面倉庫也亮起異光、浮現一扇鬼門，似乎準備把將軍載下陰間。

他奔到車頭旁，揮使混天綾將駕車兩個嘍囉揪出窗扔了，跟著繞回車尾，試著破壞黑籠。

方禮白揮爪和鐵二柴刀遊鬥相搏，笑嘻嘻地說：「鐵二，那菜鳥乩身去搶你老虎了。」

鐵二暴怒大罵：「那不是正好！不然你手下不就把老虎載走啦！」

「鐵二，五千億真的太高，秋哥不會答應的。」方禮白邊打邊笑說：「秋哥剛剛跟我說，他想要老虎，也要那菜鳥乩身，你幫個忙，出個秋哥可以接受的價錢；我要是沒帶這兩樣東西回去，沒辦法向秋哥交差。」

「操你奶奶，你還記得要交差？」鐵二大罵：「那你說清楚，扣掉你自己想拿的差價，秋哥到底出多少？還是我直接問他？」

「……」方禮白默默不語，又和鐵二纏鬥半晌，見鐵二揮刀動作拙劣，但氣勢和反應都不凡，自己一時也無法勝他，四周嘍囉同樣也制服不了另外四鬼，終於呵呵一笑。「最多兩千億。」

「兩千億？」鐵二瞪眼怒罵。「你剛剛開兩百億給我？你敢不敢讓秋哥知道你私吞這麼多錢？」

「你哪隻眼睛看見我私吞了？我是在幫秋哥省錢吶。」方禮白這麼說，突然往後躍開，揚手示意鐵二停戰，取出手機。「我先匯一千億進你戶頭，交貨再匯一千億。」

「不，先匯三千億，交貨再匯兩千億。」鐵二揚手指向貨車那兒忙著破壞黑籠的姜洛熙。「這是加上那菜鳥乩身的價錢，我幫你一起抓他，否則你今晚別交差了，陪我玩到天亮吧。」

「……」方禮白皺眉思索，知道要是不答應鐵二，他真會攪和到天亮，那麼自己肯定無法順利完成任務，便點點頭，飛快按著手機，然後向鐵二展示。「三千億轉過去了，你檢查看看。」

「……」鐵二取出手機檢視帳戶，點點頭，舉起柴刀，高呼一聲。「小莓小草、小釘小石，別跟姓方的手下玩了，全給我去抓菜鳥乩身！」

方禮白也同時下令：「別動鐵二的人，通通去抓乩身！」

姜洛熙剛才在車尾黑籠前摸找半晌，沒發現鎖頭，甚至沒瞧見看起來像是「門」的結構，這巨大黑籠六面彷如一體，他只好令混天綾伸長，試圖先將裝著活貓的黑布袋捲出之際，但陡然聽見鐵二和方禮白吆喝手下抓自己，連忙回頭，只見剛剛互相惡鬥的兩批鬼，此時紛紛拿出符籙繩索、大網，甚至是狩獵長矛，將他團團包圍。

「洛熙！」鳳仔攀上姜洛熙身子，抬了抬小爪，說：「我們有神力加持，不怕這些小嘍囉。」

「神力加持？」姜洛熙一時沒聽明白鳳仔這話意思，隱隱只見鳳仔小爪上，繫著一條光絲，若隱若現的紅光順著光絲流繞他全身，彷彿有源源不絕的力量湧入他身中。令他情緒難得地微微激動起來。

惡鬼撒來符籙大網，被他甩混天綾打落；惡鬼挺來長矛，被他用混天綾掃開；小姊妹朝他扔砸臭氣雞蛋，炸開一團團惡臭迷魂黑煙，轉眼全讓他身上耀起的白光驅散；鐵二上前舉刀劈他，被他搶先揮拳打倒在地──他覺得自己速度和專注力是平時數倍。

方禮白不知何時繞到姜洛熙身後，揪住姜洛熙頭髮，將他腦袋拉至自己臉旁，讓自己臉上那隻毒蠍刺青，揮動尾巴，對準姜洛熙頸子扎上一針。

方禮白突襲得逞，迅速鬆手退遠，笑嘻嘻地盯著姜洛熙，卻見捱了毒針的姜洛熙，竟像沒事一樣，持續擊退眾鬼，不由得覺得奇怪。「不對啊，就算是神明乩身，也挺不住我寶貝蠍子的毒針吧，怎麼會……難道……太子爺降駕了？」他開始覺得不妙，獨自退出戰圈，悄悄退到開著鬼門的倉庫內，猶豫究竟該撤退還是向卓火秋搬救兵。

就在他思索間，一隻手按上方禮白肩頭，方禮白驚駭回頭，只見身後站著一男一女，男人按著他肩頭，女人頭戴鴨舌帽，一張臉漆黑如墨。

正是陳亞衣和林君育。

林君育掐著方禮白肩頭，嘴巴一動不動，喉間卻響起沙啞說話聲。「你們這些傢伙過去偷貓屎盜貓尿，俺可以睜隻眼閉隻眼，現在你們竟敢直接綁架虎爺買賣，真是膽大包天啊……」

「我我我……我錯了……」方禮白感到林君育身中神力雄厚，知道天神降駕，顫抖說：「請問您是天上哪位……」

「俺是大道公帳下頭號戰將，也是南天門虎爺總教頭。」林君育兩眼發光，喉中聲音明顯透出怒意。他閉著嘴，一張臉面無表情，緩緩湊近方禮白的臉。喉間聲音那怒火愈漸炙烈。「就是你綁我學生啊？」

「不不不……」方禮白連連搖頭。「不是我，是鐵二！是鐵二綁架你學生，我……我只是路過……我路過！」

「路過？」黑爺附在林君育身上，揚起林君育的手，拍拍方禮白那紋著毒蠍的臉頰，然後兩指一掐，從方禮白臉頰掐下一塊肉——正是那帶著螯針的毒蠍尾巴，被黑爺捏在指尖，猶自扭動不休。

「哇——」方禮白發出慘叫。

倉庫外貨車旁，小莓小草兩姊妹扔光了毒霧臭蛋，卻一點效果也沒有，急得大叫：「怎麼回事？這小子怎麼突然變厲害了？」

鐵二高聲一喊：「小梅小草，放狗！」

「什麼？」小姊妹嚇了一跳，互望一眼，害怕說：「要放狗？可是那狗還沒馴好耶！」「放他出來，他會連我們一起咬！」

「放就對了！」鐵二怒吼：「今晚我們收秋哥五千億，讓狗咬兩口算什麼！」

「唔——」小姊妹硬著頭皮飛去不遠處另一間廢棄倉庫前，朝掌心吐上一口黑汁，往鐵捲門畫上一道大符。

符光閃耀一陣，鐵捲門轟隆隆上揚，裡頭又有一座黑籠，籠中伏著一隻漆黑巨大的傢伙。

黑色貨車周圍，群鬼被姜洛熙那混天綾燒得渾身焦傷，只敢遠遠圍著，誰也不敢再往前進逼。

姜洛熙喘了喘氣，轉身盯著大黑籠，與裡頭的將軍對望。

他令混天綾捲上雙手，揪著黑籠欄杆左右硬拉，想憑蠻力拉寬欄縫，讓虎爺將軍擠出來，但儘管他此時有神力加持，依舊無法拉開結實黑籠。

「鳳仔！」姜洛熙陡然想到什麼，急忙問：「你帶來的尪仔標呢？」

「對喔！」鳳仔這才想起那全張尪仔標被小姊妹搶了，立時飛去找那小姊妹。

鳳仔剛飛走，鐵二旋即躍來，像是想再次襲擊姜洛熙。

但鐵二躍到半空，突然驚見貨車車尾上蹲著一個老太婆。

老太婆尖笑躍起，抖開一件紅袍，罩住鐵二腦袋，揪著他落地，將他按在地上。

「苗姑？啊，亞衣姐也來了？」姜洛熙有些吃驚，瞧瞧身上閃爍紅光，正是媽祖婆乩身陳亞衣紅面神力加持。

苗姑笑呵呵地揚手一招，招出一支油壓剪，拋向姜洛熙。「用這個試試。」

姜洛熙甩混天綾接著油壓剪，立時去剪黑籠欄杆。

那油壓剪頗為銳利，當真緩緩剪進黑籠欄杆，姜洛熙用上吃奶力氣，一點一點地挾合油壓剪，但每當力氣用盡，雙手稍稍放鬆，那被剪出缺口的欄杆竟又自行癒合。

「我幫你！」陌青來到姜洛熙身邊，雙手握緊油壓剪其中一支柄，一人一鬼聯手施力，依舊剪不開欄杆。

苗姑坐在鐵二胸口，一會兒威視周圍群鬼，一會兒向黑籠中的虎爺將軍擠眉弄眼，卻似乎沒有上前幫忙的打算。

「洛熙——」鳳仔尖叫飛來，雙爪還抓著那全張尪仔標，原來他剛剛找著小姊妹，趁著小姊妹小心翼翼地施法揭開那囚禁黑獸的大籠時，試圖去偷姊姊小莓掛在肩上那黑布袋，想搶回尪仔標。

小莓立時伸手打落鳳仔，還抬腳要踩鳳仔，但見黑布袋金光閃耀，像是要爆炸一般，嚇得扔下布袋飛遠。

鳳仔立時鑽入布袋，將全張尪仔標和先前被奪走的尪仔標，一口氣全叼了出來，飛來向姜洛熙邀功。「鳳仔好棒！鳳仔最棒！」

「臭鳥——」小莓小草氣呼呼地追出倉庫。「把法寶還來。」

姜洛熙伸手接著鳳仔扔來的全張尪仔標，只見上頭火尖槍、豹皮囊和九龍神火罩依舊沒有露出拆痕，倒是乾坤圈周圍亮起光芒，顯現拆痕，陡然醒悟，拆下乾坤圈尪仔標一揉，抓出一輪方向盤大小的黃金圈圈。

姜洛熙將乾坤圈套在油壓剪兩柄之外，施術令乾坤圈縮小，牢牢箍住油壓剪柄，再令乾坤圈繼續縮小，同時又令混天綾也往油壓剪柄上繞了兩圈，揪著混天綾左右硬拉，終於喀嚓剪斷欄杆。

「鐵二哥！」小莓小草一路追來，見鐵二被苗姑罩著腦袋按在地上，急忙上去要救，結果分別捱了苗姑一巴掌，摀著臉退開老遠，她倆身上暗器早扔光了，道行遠不如苗姑，一時無計可施，不停回頭望向剛剛倉庫。

倉庫那頭黑氣流溢，走出一隻漆黑巨獸。

巨獸體型接近獅虎，大口張開吐出黑舌，舌尖滴答流著漆黑口水，口水落在地上，還冒出黑煙。

「洛熙，動作快點。」苗姑盯著走出倉庫的巨獸。「快放將軍出來。」

姜洛熙用同樣的方法，持續剪斷數根欄杆上下兩端，不時回頭望著緩緩往這兒走來的巨獸。

「那是什麼？」陌青見那巨獸模樣凶猛，不禁有些害怕。「那是狗？」

姜洛熙回頭看了巨獸一眼，說：「狗哪有那麼大！是獅子吧。」

「明明就是狗！是獒犬、高加索那種狗吧。」

「獒犬也沒那麼大啊！」

「笨蛋！」小莓聽見姜洛熙和陌青討論黑獸，立時說：「那是『鬼狗』，是我們用來獵虎爺的祕密武器！」

「你們慘了，鬼狗很凶，會吃光你們。」小草躲在姊姊身後，朝著苗姑嚷嚷叫：「快放開鐵二哥，不然我叫狗咬妳！」

「聽到沒有。」苗姑打了個哈欠，朝姜洛熙說：「她們要放狗來咬老太婆啦。」

「好了！」姜洛熙高呼一聲，喀嚓再次剪開一根欄杆。

將軍輕輕一躍，踏過姜洛熙腦袋，落在姜洛熙身後數公尺處，靜靜望著遠遠走來那隻和老虎一樣大的鬼狗。

姜洛熙立時翻身進籠，揭開黑布袋，放出母貓和六隻小貓。

母貓小貓此時似乎一點也不驚慌，全聚精會神望著前方。

鬼狗歪著腦袋，喘息聲逐漸變重，像是嗅著獵物氣味，開始躁動起來。

將軍緩緩往前，背後張開黃金披風，沿路地面浮現一枚枚巨大虎掌光印。

群鬼害怕地退開老遠。

「吼、吼吼……」鬼狗陡然興奮起來，咧開大口衝到將軍面前，張口就咬。

將軍貓爪一揚，身前閃現一只巨大虎掌，轟隆將鬼狗腦袋按砸在地上。

鬼狗激動掙扎狂吠，將軍輕輕抬高小爪，按在鬼狗腦袋上的大虎掌也一齊抬高數吋。

鬼狗正要反撲，將軍迅雷不及掩耳地咬上鬼狗頸子。

鬼狗頸部兩側立時出現一枚枚凹孔，凹孔迅速深陷數吋，是虎牙。

鬼狗先是驚恐掙扎，跟著哀嚎悲鳴起來。

「等等、等等！」苗姑揪著鐵二來到將軍面前，對他說：「別咬死他，這是盜虎團最近用邪術修煉出來的獵犬，上頭想仔細研究底下這新邪術，以免又像是先前的天狗一樣，持續進化、越來越厲害。」苗姑邊說，邊伸手在鬼狗頭頸那漆黑毛髮間摸找起來，一連拔出十餘枚黑針。

鬼狗體型開始縮小，哀嚎聲也從本來雄渾沙啞吼聲，變成汪汪呀呀的小狗吠叫。又過十餘秒，鬼狗打回原形，原來是隻長毛吉娃娃，體型比成貓還小、兩隻凸眼一高一低，嘴巴歪斜合不攏、四足扭曲變形，說有多醜就有多醜，此時被橘貓將軍按在地上，不住顫抖啜泣。

群鬼們本已戰意全失，又見到方禮白被林君育和陳亞衣押出倉庫，登時一哄而散，但為時已晚，四周響起陰森警笛，一輛輛黑色公務轎車從四面平空竄出，大批陰差提著甩棍下車，揪著鬼就打。

橘貓將軍躍回貨車，來到仍蹲在黑籠中的姜洛熙身前，默默望過每一隻小貓，像是在檢視小貓有無受傷。

母貓此時不再敵視將軍，只靜靜窩在一旁，任由將軍低頭聞嗅小貓。

陸

天亮了，鴨蛋睜開眼睛，呆坐起身，望望凌亂臥房、望望窗外陰天，一下子分不清昨晚前往廢棄大樓見那面具少年的經過，究竟是真是夢。

他拿起手機，滑了滑，和面具少年的通訊紀錄還在。

是真的。

他抖擻精神下床，洗了把臉，望著鏡中自己那難看光頭和稀疏眉毛，正是不久前黃景天在直播中嘻皮笑臉拿著電動推刀替他打理後的結果——雖然他也曾經這麼整過黃景天。

他更衣下樓，跨上他那台畫滿生殖器的機車——這也是他對黃景天做過的惡作劇，但在熊哥轉向力挺黃景天之後，黃景天便用同樣的方法「報答」他了。

他過去對黃景天做過什麼，黃景天一一奉還。

除了吃內褲這件事——但黃景天覺得一週不換的內褲不夠味，所以令那胖嘍囉在七七四十九天內，必須每天運動流汗、可以洗澡，但是不准換內褲。

一件四十九天沒有更換的內褲，將成為鴨蛋之後某日晚餐。

他告訴鴨蛋說，如果不想直接吃的話，也行，但請自己備妥食譜，看是煮火鍋還是清蒸都行。

距離晚餐食材熟成之日，只剩一週左右。

對鴨蛋來說，這次機會，是他與黃景天糾纏至今，最至關重要的轉捩點，他必須反敗為勝、重新討回熊哥的支持。

不然他就要在眾人面前，邊哭邊吃胖嘍囉努力釀製四十九天的內褲；或是邊哭邊料理，然後吃下去。

他走進豆漿店，點了燒餅油條，一面吃，一面思索當他重新得勢之後，要用什麼新花樣玩黃景天。

令黃景天吃下那件胖嘍囉的內褲？那是一定要的。

可是還不夠，他恨透黃景天了，雖然他也不清楚自己心中這份怨恨究竟從何而來，但他就是恨對方，他不恨打過他的熊哥、不恨其他瞧不起他的傢伙，因為那些人本來就比他強大。

他就像是一隻猥瑣的老鼠，不恨貓、不恨狗，卻恨身旁和他一樣弱小、和他分食同一袋廚餘的老鼠；他們是競爭關係，他甘願輸給貓、輸給狗、輸給任何人，就是不願意輸給同為老鼠的黃景天。

他打算逼黃景天吃完內褲之後，再逼對方吃屎。

他像是迫不及待見到精彩大戲上演般，匆匆將燒餅塞進嘴裡，抹抹嘴，結帳上車，駛向熊哥據點。

□

「什麼?你說我被鬼遮眼?」

熊哥皺眉瞪著鴨蛋，聲音中隱隱透出惱火。

「不……不是。」鴨蛋連忙解釋。「是酒空天!酒空天對熊哥你出陰招!所以才讓熊哥你對我產生一些誤會……」

「什麼陰招?」熊哥走到鴨蛋面前，左手按上鴨蛋肩頭，右手微微抬起，兩隻眼睛瞪得老大，彷彿已經做好接下來沒聽見順耳的答案，就要賞鴨蛋巴掌的準備了。

鴨蛋瞥了熊哥那生著厚繭的粗壯大掌，他捱過熊哥幾次耳光，知道熊哥這大熊掌的威力，趕緊連珠炮似地說：「邪術!酒空天對熊哥你用了邪術，是這位陰間朋友告訴我的，他什麼都知道，他要我帶他來見熊哥你，他能解開熊哥你身上的邪術、解開熊哥你對我的誤……」

他一面說，一面伸手指著身後那戴著面具的倪飛。

但他話還沒說完，熊哥那大巴掌，已經搧上他臉頰。

啪——鴨蛋登然倒地。

熊哥指著摀臉倒地的鴨蛋，暴怒大罵：「我有沒有跟你說過，我不想再聽到你說景天弟弟的壞話？」熊哥邊說，還邊伸手揪住鴨蛋衣領，將他又提了起來，沉沉地問：「有沒有？」

「有！有有有！熊哥你有說……」鴨蛋嚇得魂飛魄散，雙腿發軟，不時回頭瞥視倪飛，向他求救：「倪人師！你不是說要幫我？」

「你帶來這怪胎又是啥玩意？」熊哥瞪著倪飛，喝問鴨蛋：「你剛剛說他是哪裡來的朋友？」

「陰間！」鴨蛋大叫：「是陰間來的朋友！」

「陰間來的朋友？」熊哥瞪大眼睛，又一連往鴨蛋臉上搧了好幾巴掌，邊搧邊罵：「你特地帶個怪胎過來找我講幹話？陰間？陰間？從陰間來的朋友？」

熊哥邊罵邊搧鴨蛋巴掌，還朝手下使眼色，示意他們擋住倪飛退路，別讓那怪小子溜了。

「熊哥、熊哥不是……你聽我說！」鴨蛋半邊臉被打得又紅又腫，哀嚎大叫：「大師、大師！你說話啊！」

「嗯。」倪飛也不理會那繞到他背後，擋住錢莊辦公室大門的兩個嘍囉，望著熊哥說：「眼前擋著鬼火、耳朵塞著鬼棉，不但鬼遮眼，連耳朵也堵了，難怪聽不懂人話。」

「你說什麼？」熊哥扔下鴨蛋，瞪大眼睛瞪著倪飛。「你說我耳朵堵著什麼？」

「鬼棉。」倪飛說：「那是一種陰間的毛……或是棉花，塞在陽世活人耳朵裡，可以迷惑人心。」

「你說我耳朵塞陰毛？」熊哥暴喝一聲，揚起拳頭走向倪飛。

「真聽不懂人話耶。」倪飛像是早做好準備般，退到一張辦公桌前，矮身鑽進桌底，還伸手拉來電腦椅擋住辦公桌。

「你這怪胎講完幹話就到躲桌子底下？」熊哥大步走到辦公桌前，拉開電腦椅，卻是一呆。

辦公桌下空空如也，什麼也沒有。

「人哪去了？」熊哥愣然大叫，手下嘍囉還不知道發生什麼事，突然聽見後頭一扇門喀啦開了。

倪飛自錢莊辦公室尾端那間熊哥專用的個人辦公室走出，說：「我沒有躲，只是到處逛逛。」

「什麼？你……」熊哥望望桌底、又望望倪飛，不解倪飛為何像是變魔術般，從沒有其他退路的辦公桌底溜進他房間裡，開門出來。「你什麼時候跑過去的？」

幾個熊哥嘍囉一齊往倪飛走去，要抓他。

倪飛趕緊退回熊哥房間，關門反鎖。

熊哥氣急敗壞地吆喝眾人尋找他房間的備用鑰匙，找到一半想起鑰匙在他辦公桌抽屜裡，氣得要手下抄拔釘器撬門，還揪來鴨蛋，重重給了他兩拳，說：「你到底帶了什麼鬼東西來我這？」

「我……我也不知道……」鴨蛋哭喪著臉，哀嚎喊著倪飛。「倪大師，你不是說要解開熊哥身上的邪術？你到底在幹嘛？」

「我在畫符。」倪飛突然推開錢莊辦公室正門，從外頭廊道探頭進來，說：「畫到一半，再給我兩分鐘。」他說完又關上門。

「他在外面！」熊哥揚手指著倪飛大喝下令。「把他給我抓過來！」

幾個嘍囉立時奔去正門，推門去抓倪飛。

但他們剛奔出辦公室，立時發現廊道陰森漆黑、詭怪莫名。

嘍囉嚇得退回錢莊辦公室，卻見辦公室裡同樣晦暗一片，熊哥和鴨蛋都不知去向。

陽世，熊哥見嘍囉們奔入廊道後便沒了動靜，好奇地揪著鴨蛋走向大門，突然聽見身後響起開門聲，回頭只見倪飛再次從他房間走出。

倪飛手上拿著兩張符，符角都燃著青火。

熊哥拋下鴨蛋，揚起拳頭大步走向倪飛。

倪飛揚手扔符，兩張符像是飛鳥般竄上半空、繞轉幾圈，一張飛到熊哥面前嘩地耀起青光，另張符一分為二，分別鑽入熊哥雙耳，在熊哥耳裡也燒出兩束青火。

熊哥被這怪異火光嚇得後退幾步，瞪大眼睛呆立原地。

鴨蛋望望熊哥、望望倪飛，問：「大……大師？你做了什麼？」

「我滅了遮他眼睛的鬼火、燒了堵他耳朵的鬼棉。」倪飛說：「你現在再跟他講黃景天的壞話，應該不會捱揍了。」

鴨蛋見倪飛說完又退進熊哥房間，連忙說：「大師……你又進熊哥辦公室？熊哥不喜歡陌生人進他辦公室……」

「誰要去他辦公室，我是要去修理黃景天。」倪飛哼哼說：「別忘了叫熊哥把派去保護黃景天的小弟全叫回來，不然我沒辦法修理他。」

倪飛說完，關上熊哥辦公室門。

鴨蛋奔去揭開門，已不見倪飛蹤影。

他回頭，害怕地望著熊哥，只見正門一陣騷動，剛剛奔出去抓倪飛的嘍囉們通通回來了，一個個大呼小叫，彷彿嚇得不輕。

「剛剛到底，發生……什麼事？」熊哥恍如大夢初醒，東張西望半晌，盯著鴨蛋：「鴨蛋，你剛剛打電話給我……說有事要跟我報告？嗯？你是不是還帶了個人過來？」

「熊哥！」鴨蛋奔到熊哥面前，撲通跪下，抱著熊哥大腿嚎啕大哭起來：「你聽我說，都是那個酒空天他……」

□

倪飛走出老舊商辦大樓，走上陰間大街，踩著滑板車趕往黃景天所在之處，途中停下休息，拿出手機打給鴨蛋詢問情況。「我快到黃景天那邊了，熊哥有沒有把他小弟撤走？」

「有……熊哥真的清醒了！」鴨蛋在電話那端興奮地說：「他說要宰了酒空天。」

「啊，你沒忘記我之前跟你說的計畫吧，熊哥只要叫回小弟就好，先不要打草驚蛇！」倪飛連忙叮嚀：「黃景天那張陰牌裡的鬼很厲害，要是有防備，我可能會失敗。」

「有有有！」鴨蛋連忙說：「我有跟熊哥說你會把酒空天抓來給他。」他這麼說時，還不忘補充：「熊哥說很感謝你，他說他一想到這陣子把酒空天當兄弟這件事就想吐，他說會好好謝謝你！」

「嗯。」倪飛掛上電話。

□

餐廳包廂圓桌，只坐著黃景天一人。

他端著半杯酒，喝得有些索然無味。

不知怎地，他有些惴惴不安，眼皮跳個不停，他有不好的預感——十分鐘前，熊哥打了通緊急電話過來，稱今晚約了老仇家談判，得臨時召回安排在他身邊保護他的嘍囉幫忙充場面。

他本來自告奮勇，要去幫熊哥助陣，但熊哥沉默幾秒，推辭了，理由是那老仇家是自家遠親，說不想讓外人插手。

黃景天左思右想，總覺得熊哥這說法似乎有點不合邏輯。

但他無暇細思熊哥說詞本身問題，而是覺得古怪，為何熊哥剛剛那通電話，語氣有些冷淡，像是刻意與他保持距離。

他摸著懷中陰牌，低聲問是不是之前對熊哥施展的迷魂術失效了。

陰牌三鬼討論片刻，覺得不無可能——大師兄錢萊花錢買通小師弟家人，結果卻沒得到陰牌，自然不會摸摸鼻子認了，肯定已經暗中調查事情來龍去脈，說不定已經查出陰牌在黃景天身上，準備對他出手了。

陰牌三鬼裡的女鬼「銀鈴」，說想去瞧瞧熊哥情況，倘若迷魂術真失效，就直接再補一發。

老鬼「螽叔」則覺得不妥，他覺得大師兄錢萊若真出手，那麼肯定一計扣著一計，銀鈴獨自去探熊哥，說不定就要中計受伏；陰牌三鬼要是少了一鬼，別說對抗錢萊，說不定無力壓制沉眠中的極惡凶靈魔血仔。

小鬼「阿給」附和螽叔的看法，說老術士當年千叮萬囑，這陰牌三鬼時時刻刻都須待在一塊兒，才能持續駕馭魔血仔，要是魔血仔醒來且失控，那可不得了了。

黃景天放下酒杯，說既然目前處境不安全，那不如早點回家，另外找時間打探熊哥情況。

他說完，起身喊來餐廳店員，稱自己兄弟都有事先走，整桌菜只吃了幾口，能不能打個折。

店員說不行，只能幫他打包帶走，他也不介意，指著其中幾樣菜要打包，掏出熊哥給他的副卡買單。

五分鐘後，黃景天提著幾大袋菜下樓，越走越覺得古怪——這海鮮餐廳明明位於三樓，他此時卻覺得自己起碼走下五樓，但探頭至樓梯旁往下望，底下還有好幾層樓。

「怎麼回事……我記錯了嗎？」黃景天提著兩大袋菜喃喃自語：「餐廳不是三樓？那是幾樓？」

「不，你沒記錯。」女鬼銀鈴說：「別下樓了，進門吧。」

「進門？」黃景天呆愣愣轉頭，只見樓梯旁，正是他離去時那海鮮餐廳正門，不禁猛地一驚。「啊？我還在餐廳外？我剛剛不是下樓了？」

「你想活命就快進去！」小鬼阿給跟著開口。

黃景天感到屁股被人推了一把，只好乖乖走回餐廳，突然感到手腕晃了一下，阿給的聲音再次在耳旁響起。「都什麼時候了還拿著菜？快扔了！」

「可是……」黃景天有些遲疑，但覺得阿給聲音聽來緊張萬分，像是如臨大敵，便放下幾袋菜，嘴裡猶自嘟囔不停。「我阿嬤說不能隨便糟蹋食物……」

「你阿嬤肯定更不希望你糟蹋自己的命。」阿給這麼回答。

「糟蹋自己的……命？」黃景天害怕地四處張望，只見此時海鮮餐廳內燈光依舊，卻空無一人，僅隱隱傳來菜刀切剁的聲響。

「是鬼打牆。」阿給說：「我們師父生前最厲害的一招，就是施法打造極其逼真的假街道和假房子，要是不小心闖入其中，永遠也逃不出來——這一招，錢萊大師兄也會。」

「什麼？」黃景天瞪大眼睛，困惑地問：「所以……我們現在被困在大師兄造出的法術假房子裡？」

「大概是吧。」阿給還沒答話，老鬼龕叔便插嘴說：「別囉唆了，照我們的話做，你就能活命。」

「好。」黃景天問：「我該怎麼做？」

「躲起來。」銀鈴說。

「躲去哪？」

「跟著我們走就對了！」阿給說。

「跟著……」黃景天還想發問，卻見到身前隱隱浮現出一個小男孩身影，揪著他手腕往前跑。

阿給模樣不過五、六歲大，但說起話倒是有條有理，像個大學生般。

黃景天被阿給拽著跑，隱隱見到更前頭還飄著一個老邁身形，正是螽叔；回頭，又見到銀鈴飛在他身後。

「啊！那邊有人！」黃景天見到遠處走出幾個古怪傢伙，裝扮像是廚師，但一身圍裙沾染血污，手上還提著染血菜刀，搖搖晃晃地朝他走來。

「躲到大師兄找不到的地方。」阿給在螽叔帶路下，拉著黃景天避開那些提刀鬼廚，轉進餐廳廁所、躲入廁間，等銀鈴進來，磅地關上門。

鬼廚們搖搖晃晃地追進廁所，舉起菜刀劈砍廁間門板，兩三刀就將廁間門板劈出大口，將縮在牆邊水箱旁的黃景天嚇得哇哇大叫。

銀鈴揮手拉出幾片金屬花窗，封擋快被劈爛的廁間門板。

阿給從口袋掏出打火機和沖天炮，點燃之後往花窗外射炸鬼廚。

螽叔在側面牆上畫出一扇新門，推開門，外頭是一條筆直長廊。

三人一鬼退入長廊，往長廊盡頭奔跑。

「你腿軟啦？跑快點啊！」阿給拉著黃景天的手，指著長廊盡頭那扇木門。「那扇門就是出口！」

「什麼……」黃景天卯足全力，往長廊盡頭奔去。

但下一刻，整條長廊突然開始扭曲，壁面爬漫起片片血污，浮現一扇扇門，又走出更多鬼廚。

「我就知道錢萊沒那麼容易放過我們。」壽叔哼地一聲，揚手在身旁牆面畫出一扇門，然後打開。

這次門外是一間孩童臥房。

他們通過臥房，來到客廳，奔出大門，回到海鮮餐廳，再躲進廁所，再畫門回到孩童臥房。

「怎麼又回到這裡？」黃景天奔得雙腿發軟、喘個不停。

「我剛剛說過你馬上就忘了？這是鬼打牆啊！」阿給不耐說明：「我們正和大師兄鬥法呢，他用法術建出一棟假房子困住我們，我們在他法術房子裡開路往外逃，他破壞我們的路，我們繼續挖他房子……」

「那……我們要這樣鬼打牆到什麼時候？」

「就看誰撐得久啦，大師兄想和我們玩躲貓貓，我們就和他玩！」阿給得意洋洋地說：「我玩躲貓貓從來沒輸過，嘿！」

□

倪飛抵達陰間海鮮餐廳，進入廁所，開鬼門返回陽世。

他立時感到陽世大樓內瀰漫著一股奇異氣息，他來到梯間，拿出手機正要想聯繫和尚鸚鵡，便見到羅漢飛在梯間窗外，振翅嚷嚷：「笨蛋開窗！不好了不好了！」

倪飛揭開窗讓羅漢進來，問：「發生什麼事？大樓裡有其他人在鬥法？」

羅漢嘰嘰怪叫：「剛剛有個老頭子，帶著兩個年輕人跑到樓頂開壇作法，好像要抓黃景天。」

「喔！就是那個想搶陰牌的大徒弟？」倪飛雖不清楚當年術士與兩名弟子間的恩怨糾葛，但這些天從各路眼線回報的片段訊息裡，得知當年術士的大徒弟，一直記恨師父將陰牌傳給師弟、千方百計想得到陰牌，且已經展開行動。

「這裡的氣氛……像是一種結界法術……」倪飛站在梯間裡，仰頭感受四周古怪氣息，他將眼睛閉上、再睜開，隱隱見到眼前梯間景象上，重疊著另一處梯間景象。

「不是陰間、也不是陽世，是另一個地方，有點像是混沌，但又不是……」

「嗯，那笨蛋你現在打算怎麼做？」羅漢問。

「……」倪飛伸手輕按樓梯扶手，眨眨眼睛，只見那扶手緩緩變化。

一下子是真實世界裡的樓梯扶手，一下又變成沾染血跡的古怪扶手。

他再眨眨眼，抬腳往樓梯踏上一階。

四周梯間壁面立時滿布血污，瀰漫著腥臭血味。

他進入錢萊的結界了。

「啊！笨蛋消失了！笨蛋跑去哪兒了？」

倪飛回頭，隱隱見到羅漢飛在真實世界梯間裡驚恐亂竄，立時轉身將手伸回真實世界，嘿嘿笑著說：「我在這裡，笨蛋！」

「啊！是笨蛋的手！」羅漢連忙飛上倪飛掌心，登時見到倪飛整個身子重新出現，同時見到四周染血梯間，連連怪叫：「這裡是哪裡？」

「應該是那位大徒弟造出的結界裡吧。」

「你怎麼進來的？」

「我也不知道，抬腳就走進來了。」倪飛這麼說，托著羅漢緩緩走過二樓，通往三樓。「就像我小時候莫名其妙跑進陰間裡一樣……」

「等等！你剛剛是不是叫我笨蛋？」羅漢飛到倪飛面前氣罵：「笨蛋是你的名字，不是我的名字。」

「我的名字叫倪飛，笨蛋！」倪飛撥開羅漢，指著三樓海鮮餐廳內的古怪景象。

「咦？那邊是怎樣？」

「你才是笨蛋、你才是笨蛋……」羅漢惱火啄咬倪飛耳朵，順著倪飛手指望去，只見海鮮餐廳內怪異至極，碩大空間裡錯落堆疊著各種古怪房間，由一條條扭曲廊道和長梯連結著彼此。

有些房間顛倒歪斜、有些房間缺了幾面牆、有的房間透出燈火、有的房間外爬著鬼影。

「哦！」倪飛揉揉眼睛，隱隱能夠看穿餐廳裡那些房間壁面。他湊近餐廳玻璃門，東張西望半晌，見到黃景天和三鬼奴，躲在一間像是圖書館的房間深處的大書櫃後。鄰近幾間房和幾條廊道裡，有十來隻持刀鬼廚，像是狩獵般地來回尋找。

「他們在玩躲貓貓？」倪飛嘿嘿一笑，推開玻璃門，走進海鮮餐廳。

「笨蛋，你的計畫是什麼？」

「笨蛋，我的計畫是混進去一起玩。」

「笨蛋！不要叫我笨蛋！你才是笨蛋、你才是笨蛋！」

「不要吵！好好好……你不是笨蛋！安靜……」

倪飛捏出一片尪仔標挾在指尖，小心翼翼地推門走進一個房間。

房間裡有四扇門，他推開左邊數來第二扇門，深入門後一條廊道。

「笨蛋，你怎麼知道要走這扇門？」

「我看得見。」

倪飛來到廊道盡頭，推門走進左側房間。

房間裡同樣有四扇門，這次倪飛不理那四扇門，而是伸手往牆上一按，按出第五道門。

這扇門乾乾淨淨，沒有血污。

他推開門，門後空蕩蕩的什麼也沒有，他抬腳往門外虛無一踏，踏出一片木質地板，也同樣乾乾淨淨。

「笨蛋，為什麼這扇門和地板那麼乾淨？」

「那些血房間是他們用結界法術蓋的，這條乾淨的路是我自己蓋的。」倪飛這麼說，繼續往前走，他每往前一步，腳下木質地板便會快速飛鋪——他除了自幼能夠開鬼門穿梭陰陽兩界之外，也懂得徒手打造混沌空間。

他打造混沌空間的能力，可要比術士那鬼打牆更高明許多。

倪飛繼續往前走出一段，跺跺腳，眼前出現一間空房，他走進空房一面牆前，佇立半晌，像是在等待時機。

倪飛左手往牆上猛一推，推開一面木窗，同時右手一揉，一拳打進木窗。

火紅混天綾迅速竄開，將呆立在木窗旁的黃景天五花大綁。

下一刻，木窗變成了門，倪飛猛一拉，將黃景天拉出木門。

本來躲在前方準備埋伏進犯鬼廚的螽叔、阿給、銀鈴，急忙回頭來救，但木門旋即消失，恢復成牆。

原來三鬼奴在那圖書館空間裡造出個小陣地，令黃景天藏在三面大櫃中，三鬼奴則在大櫃外埋伏，各自引誘鬼廚逼近，再分別制伏鬼廚。

而倪飛卻悄悄闢出一條混沌通道，直通黃景天藏身處，直接在黃景天背後開門抓他。

「哈哈！」倪飛成功逮著黃景天，立時擲出第二張尪仔標，砸出風火輪，但不是附在自己腿上，而是令風火輪附在黃景天腿上。

黃景天本來力氣大過倪飛，但隨著鬼奴奔逃半晌，早已虛脫無力，此時被混天綾捆成一顆人形粽子，動彈不得，雙腳附著風火輪，又不懂控制，只能被倪飛拖著跑。

倪飛將黃景天拖入來時那條混沌廊道內，回頭見到空房牆上浮現一扇門，門打開，正是要救黃景天的螽叔、阿給和銀鈴。

「喝！」倪飛一跺腳，混沌空房轉眼消失。

三鬼奴站在數公尺外的門內，愕然瞪著這頭的倪飛和黃景天，像是一時無法理解究竟發生了什麼事。

倪飛一揚手，令混沌廊道開口封上一堵牆，繼續拖著黃景天往回跑，同時對羅漢說：「趁現在快找出四靈陰牌！」

羅漢在黃景天身旁飛繞，在他身上東啄西咬。「陰牌呢？你把陰牌藏在哪兒？」

「又是你這面具仔！你是大師兄的徒弟？」黃景天回頭求救：「阿給！銀鈴！救我！」

廊道後方壁面，緩緩浮現一扇門，螽叔等追上來了。

但倪飛回頭揚手一揙，門外立時落下一堵重牆。

牆上再次浮現出門。

又一堵牆落下擋著門。

「搞清楚，這裡是我地盤！」倪飛得意大笑，接連揮手放下數堵厚牆，只隱約聽見數面牆後螽叔驚懼嘶吼聲。

「不行，我們若離陰牌太遠，會壓不住魔血仔……」

「魔血仔？那是啥？」倪飛將黃景天拖出混沌、拖出海鮮餐廳、拖入剛到時初見影像重疊的樓梯間，準備自這鬼打牆結界返回真實世界。

但四面牆壁陡然潑下大片鮮血，響起陣陣淒厲哭聲。

「又怎麼了……」倪飛正覺得奇怪，仰頭張望。

「找到了！」羅漢自黃景天領口鑽出，飛上半空，一雙小爪牢牢抓著那塊四靈陰牌，陰牌頂端斷成兩截用以掛頸的細繩隨風亂擺，是羅漢咬斷的。

梯間搖晃震動起來，彷如地震一般，迴盪四周的哭聲更加淒厲響亮。

四靈陰牌劇烈震動起來，嚇得羅漢鬆爪扔下陰牌。

「啊！是陰牌裡那隻凶魂？不是說他睡著了嗎？原來會醒啊！」倪飛感到陰牌溢出凶猛陰氣，連忙抽回混天綾，唰地將落在地上的四靈陰牌纏裹成一顆大火球。

他單膝壓在纏裹成球的混天綾上，揪著混天綾兩端火巾，緊緊打了個死結；跟著從口袋掏出一把香灰，揉成一只香灰布袋，裝入混天綾火球，又打了個死結。

他仍未鬆懈，取出第三片尪仔標，先揉成一條黃金粉筆、再揉成一只黃金袋子，套在那香灰袋子外，揪著袋口大力又打了個死結，這才像是買足保險般鬆了口氣。

「啊！笨蛋——」羅漢駭然尖叫。

倪飛感到一股凶惡戾氣自背後狂暴逼近，剛回頭，便讓黃景天一把掐住頸子，壓在牆上，手中的黃金袋子也落在地上。

黃景天一雙眼瞳變得血紅一片。

倪飛這才驚覺，陰牌裡那第四隻凶靈不但醒了，且在混天綾裹上陰牌前，便已離開陰牌，附上黃景天的身。

他一手抓著黃景天掐他頸子的手腕，一手揚起畫咒，將落在地上的黃金布袋召回手中，抓著黃金布袋要往黃景天頭上砸。

但被魔血仔附身的黃景天動作更快，一記頭錘撞在倪飛臉上，不僅撞歪了倪飛鼻子，還壓著倪飛後腦轟隆撞牆。

倪飛儘管自幼能夠穿梭陰陽兩界，又懂得不少陰間奇術，但肉身便與尋常少年無異，且他本來便不常運動，體能從來也不突出，捱了這麼一記頭錘，鼻骨斷了、後腦撞牆，登時天旋地轉，接近昏厥。

但黃景天不讓他倒，一手按著倪飛肩頭、一手拉著倪飛頭髮，咧開嘴巴像是要咬倪飛脖子。

「惡鬼！放開笨蛋——」羅漢飛在黃景天面前，對著黃景天臉面嘰嘰一吼，吐出一團小火球，炸在黃景天臉上。

黃景天這才鬆手放下倪飛，邊退邊抹滅臉上的火。

「笨蛋！別昏倒！」羅漢飛到跪倒在地的倪飛面前，咬他耳垂，在他耳邊大叫：「醒醒啊——」

倪飛聽見羅漢叫喚，勉強打起精神，只覺得臉上劇痛、後腦又痛又暈。他奮力召回黃金袋子、喚出混天綾裹上雙臂，見黃景天再次撲來，連忙舉手格擋，和黃景天手抓著手比拚力氣——他的力氣自然不如被魔血仔附身的黃景天，轉眼又被壓按上牆。

黃景天咧嘴厲笑，像是想再賜賞倪飛一記頭錘。

倪飛驚恐極了，知道自己要是再捱一記頭錘，說不定要當場死去，正慌亂掙扎之際，只見那三鬼奴飛竄到魔血仔身後。

秦叔扔出符籙繩圈，套住黃景天脖子，將他腦袋往後拉扯。

銀鈴撲抱在黃景天背上，對著黃景天耳朵急急耳語。

阿給則拿著一只小巧的黃銅道鈴，對著黃景天另一邊耳朵輕輕搖鈴。

黃景天像是被催眠般睏倦無力，雙眼漸漸闔上，鬆手放開倪飛。

下一刻，樓梯間內淒厲哭聲再次響起，黃景天睜大眼睛，像是大夢初醒般，一手反抓銀鈴頭髮、一手握住阿給手上那只黃銅道鈴，朝著他倆厲聲咆哮。

「糟糕！」秦叔揪緊符繩鎖著黃景天脖子，仰頭看著天花板。「是錢萊在作法喚醒魔血仔！」

「哼，你們撐著。」阿給搶不回道鈴，索性鬆手，從口袋掏出一把鎚子，氣呼呼地往樓上奔。「我去趕跑大師兄！」

「阿給！」銀鈴驚慌喊著阿給。「你一個人怎麼打得贏大師兄？」

「讓他去。」秦叔搖動符繩，往黃景天脖子多套上兩圈，說：「否則我們僵在這兒也不是辦法，只要阿給能拖住錢萊，別讓他傳鬼哭聲下來，我們就有機會哄魔血仔睡著。」

「可是……」銀鈴喃喃說：「阿給不在，只有我們兩個，壓不住魔血仔啊……」

她還沒說完，突然感到一股炙熱神力，原來是倪飛回了神，認真催動起混天綾之力，抓牢黃景天雙手。

羅漢飛到黃景天手旁咬他手指，搶下那只黃銅道鈴，用爪子抓著，飛在黃景天耳邊亂搖，還問銀鈴和螽叔：「是不是搖這個鈴就能讓凶魂睡著？」

銀鈴見有羅漢幫忙搖鈴，便認真對著黃景天耳語催眠。

上方幾個鬼廚舉著菜刀一路找來，螽叔用單手揪繩，另一手凌空甩出第二條符籙繩子，咻咻抽打，阻止鬼廚逼近。

「不行……這樣下去不是辦法……」倪飛鼻血染紅整片胸口，眼見大批鬼廚就要殺下樓，喘氣思索，抬起一腳，往身後牆壁踢蹬起來。

梯間再次轟隆隆地震動。

倪飛身後出現一扇木門。

門開了，倪飛抓著黃景天雙手，同時驅動仍附在黃景天腳上的風火輪，將黃景天，連同銀鈴、螽叔和羅漢一同拖入房裡。

木門轟隆關上，然後消失。

剛剛那刺耳嚇人的鬼哭聲，在倪飛造出的混沌房間裡，變得微弱許多。

但隨即，四周壁面浮現出各式各樣的門。

是樓頂的大師兄試圖施法在倪飛這混沌房間牆上造門，令鬼廚開門進房搶四靈陰牌。

倪飛東瞧西瞧，瞧向哪扇門，那扇門便會喀啦啦地多出一道道重鎖，不讓鬼廚輕易開門。

「小朋友……」螽叔對倪飛隨心建造混沌房間的功力十分折服，喃喃問：「你這本事是誰教你的？」

「沒人教我，是我自己練的。」倪飛這麼回答，鼻子猶自滴答落血。

「你手上這條東西、加上這輪子……」螽叔望望混天綾、又望望風火輪，說：「你是天上中壇元帥的乩身？」

「是啊。」倪飛點點頭。

「要是由你來保管四靈陰牌，應該穩當多了。」螽叔露出鬆了口氣的神情。

□

頂樓也在鬼打牆結界範圍裡，空中颳著陣陣奇異血風，旋成一個猶如颱風眼般的圓口，一聲聲淒厲鬼哭便從那風眼傳出。

風眼正下方，擺著一座祭壇，大師兄錢萊身穿道袍站在壇前，一手木劍、一手道鈴，吟唱著古怪咒歌。

兩個弟子舉著幡旗在錢萊身後加持護法。

阿給左手舉著鐵鎚、右手握著玩具槍，氣呼呼直奔樓頂，一見錢萊就罵，邊罵邊舉鎚奔去要打他。

錢萊睜開眼睛，冷笑舉著木劍往阿給一指。

阿給面前站起幾個鬼廚，舉著菜刀要斬阿給。

阿給掄著鐵鎚和鬼廚遊鬥起來，試圖找機會強攻錢萊，但數次攻勢都被鬼廚攔下，跟著右腳劇痛，低頭一看，他的腳竟被一只貼著符籙的捕獸夾牢牢夾住。

「你這麼多人打我一個，還用陷阱！」阿給驚慌之際，被一個鬼廚自後欺近，一刀劈進阿給肩頭。

「哇！」阿給反手朝鬼廚臉上連開數槍，玩具槍口射出數枚紅光彈，磅磅炸開鬼廚。

周圍幾個鬼廚一擁而上，抓住阿給手腳。

「對啊，你不服氣啊。」錢萊呵呵一笑，令鬼廚將阿給抓到面前，舉著木劍在阿給身上東點一下、西刺一下。

阿給臉上身上那些被木劍刺著的地方，紛紛冒出焦煙，痛得哇哇大叫、哭了起來。

「老氣橫秋的小鬼，終究還是小鬼。」錢萊呵呵笑著，伸手揪住阿給頭髮，將他腦袋往後一拉，倒握木劍，像是想將木劍往他嘴裡插，突然聽見身後一聲吆喝，立時警戒轉身。

頂樓入口走出一個中年男人。

男人頭上戴著三角破帽、肩頭披著一件補丁衣袍、腳下踏著一雙怪木屐、手上提著一只葫蘆、腰際插著一把草扇、胸前繫著一台老舊收音機。

「你……是誰？你怎麼進我結界裡的？」錢萊感到男人身上那破帽、破袍、木屐、草扇，分別都蘊藏著非凡神力，不禁感到不安。

「我，田啟法，是濟公師父乩身。」田啟法舉高葫蘆，往嘴裡倒了口酒。

「還有我，是濟公師父分靈，同時也是田啟法師兄——」田啟法腰際那老收音機響起老人說話聲。「陳阿車！」

「濟公……乩身……」錢萊嘸了口口水，思索幾秒，勉強擠出笑容，說：「道友你……來得正好，我跟你是同行啊！我今晚是來抓惡鬼的，你也是？」

「是啊。」田啟法呵呵笑著，邊走邊往嘴裡倒酒，經過一個鬼廚身旁，噗地往鬼廚臉上吐出一口酒霧。

酒霧在空中燃燒出火，燒得那鬼廚扔下菜刀，摀臉倒地打滾。

「你是同行？」田啟法走到錢萊面前，皺眉上下打量他。「你是天上哪位神明乩身？」

「我……」錢萊暗暗朝兩名弟子使了眼色，跟著緩緩說：「天上有尊中壇元帥三太子，你聽過吧。」

「當然，沒聽過才奇怪吧。」田啟法瞪大眼睛，哈哈笑說：「你是太子爺乩身？」

「嗯……」錢萊抿著嘴巴，喃喃說：「是啊……」

「今晚是太子爺派你來的？」

「是啊……」

「他派你來幹嘛？」

「他派我來……」錢萊說到這裡，見兩個弟子已按照他眼色，悄悄繞到田啟法身後，突然厲吼：「動手！」

兩名弟子一擁而上，抓住田啟法雙手。

下一刻，田啟法披在背上那破袍兩只空蕩蕩的袖子自動揚起，往兩名弟子臉上倏地鞭抽。

「哇！」兩名弟子又驚又痛，摀著臉退開老遠。

田啟法乾笑兩聲，繼續走向錢莱，問：「你剛剛說太子爺派你過來幹啥？」

「他派我來……派我來……」錢莱挺著木劍心虛地緩緩後退，見田啟法繼續朝他走來，突然動作大開大闔，拋下道鈴、咬破手指，往木劍尖上一沾，跟著唰唰平空畫出一道碩大血符，血符凶光四射，竄出一顆巨大凶惡鬼頭，張嘴露出利齒，朝著田啟法暴怒大吼。

「換我上場！」一個削瘦老人自空墜落，一屁股坐上鬼頭腦袋，將大鬼頭轟隆壓落在地。

老人手上也抓著一只巴掌大的小葫蘆，舉起喝了兩口，第二口沒嚥下，而是對準鬼頭腦袋吐出一陣金黃酒霧，然後伸手在鬼頭前額畫出一道金符。

金符燃起金火，鬼頭哀嚎慘叫，轉眼燒成一顆巨大火球。

「喝！你又是誰！」錢莱駭然退開老遠，再次揮木劍畫大血符。

但田啟法已經走到錢莱面前，鼓嘴往錢莱木劍上噴出一口酒霧。

錢莱一面後退一面畫符，但他木劍已沾上田啟法的酒水，無論如何揮動、如何沾血，都畫不出血符了。

他的肩頭被一隻老手按住，回頭一看，又是陳阿車。

陳阿車笑咪咪地說：「太子爺剛剛和大庭眾神一同觀戰，聽你那麼說，氣得要濟公師父將田啟法借他降駕，他要將你扔下樓，濟公師父怕他闖禍，令我立刻廢了你畢生道行。」

「什……麼？」錢萊還沒反應過來，陳阿車又突然消失了。

錢萊仍沒搞清楚狀況，雙腿突然不聽自己使喚，撲通跪倒在地，跟著，雙手也不聽使喚，高高舉起，這才驚覺是陳阿車上了他的身，駭然驚叫：「你上我身？不可能！不可能，我這輩子從未被鬼上身！」

「一般的鬼怕你道行，不敢上你身，但我現在是濟公師父分靈——就算是生前，我道行也比你高多了。」陳阿車這麼說，操控錢萊左手托起葫蘆，往錢萊右手指尖倒了些酒，跟著用沾著酒水的指尖，依序往錢萊頭臉、胸口上畫下一連串符籙。

錢萊感到一陣暈眩反胃，手腳終於恢復控制後，立刻捧腹嘔吐起來。

他這麼一吐，四周鬼廚一一倒下。

他繼續吐，眼淚鼻涕淌了滿臉，只覺得五臟六腑似乎都要嘔了出來。

他嘔出的汁液瀰漫著陣陣邪氣，是他數十年來的陰邪修為。

他一連嘔了十分鐘，終於雙眼一翻，暈死伏倒在他那堆嘔吐汁液中。

「啊！」阿給癱伏在地，望著天空血雲漸漸消失，陡然想起底下還沒結束，也來不及和田啟法道謝，急忙拖著那捕獸夾，自逃生梯循著原路飛下樓，此時陽世海鮮餐廳裡仍坐著不少客人，阿給繞到二、三樓梯間，四處喊了幾聲，只見牆壁上敞開一條縫，銀鈴探頭出來朝他招手。

阿給驚愕湊近那道縫，只見裡頭是間空房，黃景天躺在正中央，沉沉睡死；倪飛坐在一旁，一手摀著鼻子，一手托著四靈陰牌。

原來這混沌房間阻絕了錢萊那鬼哭聲，魔血仔在銀鈴和蝨叔齊力施法催眠、羅漢幫忙搖鈴、倪飛全力壓制下，再次進入夢鄉，被蝨叔拖回陰牌安放。

「啊呀！」銀鈴見阿給肩頭嵌著菜刀、一腳給捕獸夾夾著，心疼地上前替他拔起菜刀、扳開獸夾，還大呼小叫要蝨叔快點出來幫阿給療傷。

「小鬼，你下來了……」倪飛喃喃問。「那大師兄呢？」

「他……」阿給還沒回答，田啟法和陳阿車也來到這混沌房間牆縫外，探頭往裡面瞧。

「田大哥、阿車爺……」倪飛揚手一揮，令那門縫敞開些，讓田啟法和陳阿車也進入這混沌房間，他問：「你們打敗那個大師兄了？」

了。」

「何止打敗他。」陳阿車說：「我廢去他畢生道行，現在他只是個普通的糟老頭

田啟法盯著倪飛手中四靈陰牌，對倪飛豎了豎拇指。「你完成籤令了。」

「我鼻子好像歪掉了，好痛……」倪飛眼眶含淚，喃喃說：「阿車爺能不能幫我治治？不然我明天怎麼去學校……」

「行。」陳阿車哈哈上前，仰頭灌了幾口酒，又往手上倒了滿手酒，揪著倪飛鼻子揉捏起來，痛得倪飛哇哇大叫，當真淚流不停。

「忍著點，一下就不痛了，順便等上頭討論看要怎麼處置這塊陰牌。」

柒

大年初三，也是寒假第四天的午後，姜洛熙拖著一只行李箱，和陌青並肩望向對街那座陰鬱鬱的住商混合大樓——四海新城。

四海新城完工迄今四十餘年，樓高九層，整體建築形似注音符號「ㄇ」，建體分為東西北三面，中央夾著一條狹長中庭。

四海新城一樓大多是小吃店面、雜貨商鋪，那狹長中庭平時也任由外人隨意進出，與其說是中庭，實則更像是條徒步商店街。

「嗯，是我先入為主的錯覺嗎？好像真的有點陰森耶。」陌青望著四海新城。

「不是錯覺。」姜洛熙搖搖頭，說：「是真的很陰，有厲鬼的味道，而且不只一隻。」

「難怪外號叫『猛鬼新城』，名不虛傳。」陌青雖然是鬼，但今日出門前注射了擬人針，在藥效失效前，肉身五感都與活人無異；她提著一只小一號的行李箱，背上還揹著一個寵物外出背包，裡頭是灰虎斑貓弦月。

姜洛熙背後也有一只寵物外出背包，裝的是鳳仔。

鳳仔湊在背包上的窺視小孔旁，對外頭說：「不對，陌青，猛鬼新城是很久以前的事，當年樓裡的怨魂早已離開了，現在這裡會變成這樣，其實另有原因。」

「我知道啦！」陌青翻了個白眼，說：「這兩天你們討論籤令，我不是跟你們一起討論嗎？」

「走吧。」姜洛熙見行人號誌燈轉綠，看看左右，然後往前。

兩人來到對街，走進四海新城中庭。

此時適逢新年，中庭兩側店家大都沒有營業，兩人從南面中庭入口，一直走到北面樓房角落，那兒有一間店面開門營業，門外有塊小小的招牌——四海新城租屋中心。

四海新城數年前開始談都更，頭兩年進展頗為順利，一位蕭姓建商買下整棟大樓三分之一的住戶單位，剩餘住戶雖然沒有完全同意蕭老闆當時開出的條件，卻也不反對都更。

稀奇的是，這兩年蕭老闆主動放緩了步伐，不但沒有對住戶開出新的價碼，反而在大樓內成立租屋中心，將已經購入的數十戶住家單位，按照方位樓層逐一編號，用略低於行情的租金對外出租，甚至連短租、日租都來者不拒。

那時四海新城住戶人心惶惶，以為建商蕭老闆要「出招」了——蕭老闆年輕時外號蕭老虎，十八歲就成立了幫派老虎會，二十五歲在岳父金援下開了建設公司，三十出頭，就建出第一棟社區大樓——正是四海新城。

當年蕭老闆用盡各種手段、動用黑白兩道一切關係，不但鬧出人命，且不只一條，這才湊齊四海新城整塊建地。

四十年後，蕭老闆想在出道作品原址上蓋新大樓，這次他會出什麼招，誰也不知道——某些老住戶似乎心裡有數，但都不敢明說。

這兩年，四海新城並不平靜——應該說，四海新城曾經騷亂過許多年，然後又平靜了許多年，但從這兩年開始，又開始不平靜了。

三十年前，四海新城被鄰近街坊稱為「猛鬼新城」。

當時每隔一、兩年，就有人在大樓裡自殺，三不五時，都有住戶聲稱在大樓裡見鬼。有些人繪聲繪影地聲稱四海新城之所以這麼晦氣，正是因當年蕭老闆購地蓋樓時，對付某些老住戶的手段實在過火，將人逼上絕路，因此那些「老住戶」回來報仇了。

但也有不少人反對這說法，因為想想實在不合理，蕭老闆蓋成大樓之後，混得風生水起，持續購入新地、蓋新大樓，真有亡靈作祟，為何不去找蕭老闆算帳，反而找無辜新住戶尋仇。

兩派人為此爭論了許多年，也沒有爭論出結果，直到二十年前有位藺姓師姑住進四海新城，還將自家布置成小道觀，每年普渡都帶領住戶集體祭祀，四海新城這才漸漸平靜下來，再沒人說見鬼了。

前兩年，有人從四海新城墜樓，當時大家儘管驚訝，卻也沒放在心上，因為四海新城是住辦混合大樓，樓內有十餘戶是小辦公室，職員來來去去，跳樓那傢伙與大樓裡別家公司的職員有些感情糾紛，鬧好幾個月了。

兩個月後，第二人跳樓，一模一樣的起跳位置、一模一樣的落地位置。甚至是一模一樣的伏地姿勢。

大家這才開始感到不太妙，有些老住戶想起三十年前那段不平靜的歲月、想起藺師姑在世時總是笑咪咪替眾人處理疑難雜症的模樣。

接下來十八個月，又有四個人跳樓、四個人上吊、四個人燒炭、四個人割腕。全是這兩年經由租屋中心入住四海新城的租客。

有些老住戶本想聯名向蕭老闆抗議，請他高抬貴手，撤走租屋中心，別再讓來路不明的新租客入住，否則要去檢舉他違法短租了，但大夥兒想歸想，也沒進一步動作，大家都知道蕭老闆年輕時的外號是「蕭老虎」，他另一個身分，是幫派「老虎會」的創會老大。

反倒是蕭老闆自己下足了功夫，不但替每戶租賃屋添購嶄新基本家具，還主動整修大樓內消防設施、申請民宿執照，煞有其事地經營起這租賃生意。

四成新城有些住戶無奈之餘，主動聯繫都更負責人，稱願意賣房了，但令他們有些意外的是，負責人沒有藉此壓價，卻也沒有進一步動作，只說不急慢慢來；還有些住戶本想直接賣給其他人，但兩年近二十條人命，讓四海新城的市價，比蕭老闆開出的收購價更低上不少。

誰也不知道此時此刻的蕭老闆，心裡究竟在盤算些什麼——姜洛熙倒是略知一二，這也是他前來四海新城的原因。

姜洛熙拖著行李，帶著陌青推門走進租屋中心，稱要短租數天，按日計費。

負責接待的小弟，嘴唇穿兩著個環，領口隱約可見紋身，冷漠地替他影印了證件、收下租金、給他鑰匙，便繼續埋首電腦遊戲裡。

姜洛熙望了望鑰匙上的門號「東九〇九」——四海新城建築分成東北西三面，他拿著鑰匙，出了租屋中心，卻不是往東側走，而是走入北側入口，乘電梯上四樓，來到北四一四號門前，按了電鈴。

門打開，是倪飛。

「你怎麼這麼慢？我兩小時前就到了。」倪飛開了門，瞧瞧姜洛熙身後的陌青，乾笑兩聲說：「偷跑去約會喔？」

「沒有。」姜洛熙搖搖頭。「我們只約今天會合，沒約幾點要到，不是嗎？」

「是啊。」倪飛沒好氣地轉身就走，姜洛熙探頭瞧瞧倪飛臉上幾道爪痕，瞧了瞧窩在角落逗貓的郭蕙。

郭蕙除夕當夜就抵達四海新城，租下西側七二六號房，倪飛則是租下同為西側的六一八號房。

姜洛熙見郭蕙腿邊六隻小貓抱成一團，朝著走到窗邊望天的倪飛不停哈氣，隱約明白發生了什麼事、也明白倪飛那張帶著爪痕的臭臉的原因。

「六隻小貓乩都不要他？」姜洛熙這麼問。

「可能相處得不夠久。」郭蕙苦笑攤了攤手，說：「說不定過兩天就愛上他了。」

「誰希罕啊。」倪飛聳聳肩，沒好氣地說：「我本來就不喜歡貓。」

「鳳仔！」羅漢從房中飛出，飛到姜洛熙身後寵物背包外，和裡面的鳳仔打招呼。

「你來啦——」

「沒錯，我來啦！」鳳仔興奮地振翅竄動。「洛熙，快幫我開門。」

「姜洛熙，放鳳仔出來，我帶他參觀我家小窩。」羅漢也這麼說。

「嗯。」姜洛熙摘下背包，揭開背包那透明壓克力門。

鳳仔振翅飛出背包，和羅漢嬉鬧盤旋一陣，一齊繞過倪飛，飛出窗外，去參觀西六一八號房中倪飛替羅漢布置的小窩。

「韓大哥還沒回來？」姜洛熙東張西望。

郭蕙點點頭，呵呵笑著說：「他跟我們這種孤家寡人不一樣，要陪老婆過年回娘家，大概晚上才會到吧。」

韓杰在兩週前便入住四海新城，但除夕當天返家，陪同王書語和女兒回娘家探視許淑美，一直到今日初三，才準備過來與眾人會合，指揮姜洛熙和倪飛調查四海新城近二十起自殺案件的來龍去脈。

郭蕙的工作則是從旁協助倪飛和小貓乩培養感情，看能否湊成良緣，然後將其餘小貓乩連同母貓和橘貓將軍，一齊送回桃園劉媽家。

由於這些小貓乩之中，至少有一隻會成為將軍的接班貓，因此劉媽決定收養整窩小貓加上母貓，以便讓接班小貓乩，可以毫無後顧之憂地長大。

至於郭蕙這趟行程，可是領有正式工資——在天庭許可下，小歸在陽世成立了一間公司，專門管理姜洛熙、倪飛等神明使者在陽世活動時所需資金；同時在聘僱郭蕙這類特殊人士幫忙時，也能名正言順地論件計酬發放工資，而不用像過去由個別神明、乩身隨意打賞、交換條件。

對於郭蕙而言，這趟工作的日薪，可是便利商店大夜班的數倍之多，因此她連年也懶得過了，除夕當天直接啟程北上趕往四海新城，租下自己的西七二六號房，同時取得韓杰交給租屋中心保管的北四一四號房鑰匙，替今日抵達的姜洛熙和倪飛開門。

「將軍選好接班貓了嗎？」陌青欣喜湊去郭蕙身旁，一齊逗弄六隻小貓——小貓和母貓其實是第一次見到化出肉身的陌青，但他們似乎對陌青並不陌生，親熱地磨蹭陌青的手。

陌青捧起比另五隻小貓都大上一號的小橘貓，說：「是不是這隻小胖橘？我猜得沒錯吧？」

「我也覺得是這隻。」郭蕙笑著說：「但將軍好像還沒有正式決定。」

「啊？」陌青轉頭望向窩在冰箱頂的將軍，將軍懶洋洋地伏著，對眾人談論一點反應也沒有，她跟著放出弦月，弦月默默走到角落伏下，不理將軍也不理那窩小貓和母貓。

「倪飛。」姜洛熙提來陌青手中那只小行李箱，揭開，取出裡頭一個小黑罈，來到倪飛身旁，將黑罈遞給他。「你不喜歡貓，那喜歡狗嗎？」

「……」倪飛接過小黑罈，輕輕晃了晃，湊在耳朵旁細聽半晌，說：「看牠喜不喜歡我啊，不喜歡我也沒辦法……」他說完，見姜洛熙還站在他身旁，便喔了一聲，從口袋取出四靈陰牌，交給姜洛熙。

姜洛熙剛接下陰牌，三鬼奴立時在兩人身旁現身，向姜洛熙點了點頭。

「那以後……請多多指教。」姜洛熙也向他們點點頭。

三鬼奴再次點頭，龕叔旋即消失，阿給像是有話想說，但被銀鈴拉著胳臂，一齊返回陰牌。

四靈陰牌裡那第四隻邪靈窮凶極惡，天庭諸神擔心倘若由至陰之身的倪飛保管，不管是對倪飛還是對魔血仔，恐怕都有負面影響；至於那鬼狗被苗姑拔去邪針，恢復成小狗模樣，少了戾氣，只是瘋瘋癲癲，既然倪飛不受貓乩喜歡，不如試著看管這鬼狗，說不定能培養出感情。

姜洛熙和倪飛的另一條籤令，便是在四海新城會合之後，交換保管鬼狗與四靈陰牌，倘若進展順利，這陰牌與鬼狗，便與羅漢、鳳仔一樣，正式成為兩人日後助手。

「沒事的話，我先去房間放行李，等韓大哥回來再討論案件吧。」姜洛熙這麼說，喊了弦月一聲。弦月迅速起身，鑽進背包，乖乖讓姜洛熙揹上背。

「我也先回房啦。」倪飛也伸了個懶腰，隨意拋玩那小黑罈，和姜洛熙先後出門，望著姜洛熙和陌青離去背影，突然喊了一聲：「阿給，如果那小子對你不好，就跟我說，我替你向太子爺告狀。」

「好。」阿給在姜洛熙身後現身，向倪飛鞠了個躬，隨即被銀鈴伸手提回。

姜洛熙回頭瞧了瞧倪飛，只見倪飛頭也不回地往反方向廊道走去。

「他好像有點不開心。」陌青問：「你知道為什麼嗎？」

姜洛熙聳聳肩，說：「應該是剛剛被貓抓了吧……」

「不是。」阿給在姜洛熙身旁現身，說：「倪飛覺得神明對他不公平。」

「不公平？怎麼不公平？」

「千年一遇的修道仙身弟弟，你覺得——」銀鈴在姜洛熙另一側現身，拍拍姜洛熙的肩，讓他望向自己，嫵媚笑說：「是你給倪飛那隻瘋狗有用，還是我們有用？」

「有用？」姜洛熙呆了呆，醒悟說：「倪飛是因為……太子爺要我們交換鬼狗跟四靈陰牌，所以不開心？他比較想保管四靈陰牌？」

「廢話！」阿給嚷嚷說：「我跟銀鈴跟螽叔都是師父得力助手，道行比一般孤魂野鬼高得多了，倪飛聽那濟公師父乩身說上頭讓他代為保管陰牌時，可開心了，他說自己雖然沒有貓乩，但如果有我們幫忙，以後行動肯定如魚得水。誰知道過兩天，神明改變心意，說四靈陰牌讓你來保管，他負責照顧鬼狗。」

「嗯。」姜洛熙點點頭，說：「要我保管陰牌，還是鬼狗，都無所謂，不過……」他說到這裡，回頭瞥了伏在角落的弦月一眼。陌青在一旁說：「弦月不喜歡鬼狗，鬼狗如果讓洛熙來養，好像有點可憐……」

一直沒有說話的畚叔，此時雖未現身，但也開口了。「本來我很欣賞倪飛，覺得要是由神明乩身保管四靈陰牌，肯定比留在黃景天那小子手上安全太多，但現在見了你，才知道神明這麼安排的用意。」

「是啊。」銀鈴點頭附和，捧著姜洛熙的臉仔細端倪，甚至湊近他頭頸聞嗅，微笑說：「這位乩身弟弟的氣息，就像……就像是尊活生生的神仙站在眼前一樣。」

「喂。」阿給喊了銀鈴一聲，指了指陌青，說：「妳怎麼隨便摸人家臉？還亂聞人家，妳沒看到人家女朋友就在旁邊？」

銀鈴望了陌青一眼，說：「妳是他女朋友？」

「不是。」陌青微笑搖搖頭，說：「我只是他名義上的太太。」

「哇。」銀鈴聽陌青這麼說，連忙放手。「是我們主子的夫人啊！那真是不好意思了，請莫見怪。」

「哈。」陌青被銀鈴這動作逗得笑了，連忙說：「我是說『名義上的太太』，不是真的太太。」她這麼說時，見阿給和銀鈴一頭霧水，便抬起右腳，指了指右腳踝上那條繫著鈴鐺的腳鍊，此時鈴鐺裡塞著符，晃動時不會發出聲音。「是因為這條鍊子……」

然而要解釋起兩人腳踝上那鈴鐺腳鍊前因始末，可得花費一番功夫，陌青只好說：

「反正不是真的夫妻，他單身，想跟誰在一起是他的自由。」

「那我不客氣了。」銀鈴聽陌青這麼說，呵呵笑著又捧著姜洛熙的臉撫摸起來，瞅瞅阿給說：「你們也來摸摸吧，這麼一尊活神仙，說不定摸久了，我們也能一起升天當神仙。」

「喂……妳花痴啊。」阿給見姜洛熙面無表情，以為他不高興了，連忙飛起去扯銀鈴的手，螽叔也終於現身，撥開銀鈴的手。「別沒規矩。」

銀鈴這才退開，說：「主子，我開開玩笑，你別生氣。」

「我沒生氣。」姜洛熙搖搖頭。「而且我也不是你們主子，我只是替按照上頭的交代，代為保管四靈陰牌而已。」

「你不是我們主子，那我們是什麼關係？」阿給問。

「嗯……同事、朋友、伙伴……都可以啦，我沒興趣當誰的主子……」姜洛熙淡淡回覆，和陌青有一搭沒一搭地解釋起兩人那鈴鐺腳鍊、名義夫妻的前因始末，一路來到東側九〇九號房。

姜洛熙開門，裡頭是一房一廳格局，才剛放下行李，便聽見手機響起。是韓杰打來的電話，他即將抵達四海新城，要眾人準備一下，等等在鄰近公園與他會合。

捌

距離四海新城百來公尺一處公園隱蔽角落，姜洛熙、倪飛、陌青、郭蕙四人，都對韓杰剛剛那段話驚訝萬分。

韓杰說，幾天後，住在四海新城北側四一六號房裡的單身男人，會在家中自殺，成為四海新城連續自殺事件中的下一位亡者。

韓杰要姜洛熙和倪飛在那單身男人真的自殺前，揪出這些自殺事件的幕後主使者，解決整起事件。

「接下來你們兩個自己看著辦吧。」韓杰望望姜洛熙、再望望倪飛，說：「你們看是要單獨行動也好、聯手合作也好，我都沒意見。」

「啊？」陌青不解地問：「韓大哥，你的意思是，這次任務你不插手，讓他們兩個自己處理？」

「嗯。」韓杰指指天，說：「這是太子爺的意思，他老人家想看你們表現，就當是實習階段裡的『期中考』吧。」

「考好的話——」倪飛笑著舉起手。「有獎品嗎？」

「有。」韓杰點點頭，說：「表現好的那個，有機會比對方更快拿到蓮藕身。」

「什麼！所以這次『期中考』後，我們其中一個就有蓮藕身了？」倪飛哇了一聲，姜洛熙也微微驚訝。

「想得美啊，沒那麼快。」韓杰搖頭：「太子爺會持續觀察你們，也會持續出題考你們，要觀察多久、要考幾次，我也不知道，說不定太子爺自己也不知道，畢竟他上頭還有其他長官……」

「這樣啊……」陌青看看倪飛，再看看姜洛熙，說：「那我覺得你們還是聯手合作比較好。」

姜洛熙不置可否，倪飛卻搖搖頭，說：「都說是考試，當然自己考自己的啊。兩個人寫一張考卷，怎麼看得出實力。」

「我都可以。」姜洛熙這麼說，突然問：「不過既然是考試，就表示韓大哥你這幾天已經調查過，心裡已經有標準答案了？」

「差不多吧。」韓杰乾笑兩聲說：「調查過程挺麻煩，我幹乩身這麼多年，第一次這麼調查，因為這是太子爺出給你們的題目，所以我不能打草驚蛇、不能隨便抓人來問話、不能動手打人，晚上看到鬼也要裝作沒看到……總之，這邊發生的事我差不多都弄清楚了，我會看情況給你們提示，方便你們接下來行動。」

料，韓杰兩週前入住四海新城後，透過警界關係，取得四海新城近兩年這些自殺者資料，又聯繫上陰間城隍府，確認十餘名自殺者裡，沒有一人死後魂魄被陰差拘下城隍府，且多日下來，他和四海新城周遭眼線，也沒有在四海新城裡外見過那些自殺亡魂。

韓杰說到這裡，刻意停下，瞧瞧姜洛熙和倪飛，像是想聽他們意見。

「所以這些人自殺之後，魂魄也失蹤了……」姜洛熙喃喃自語。

「應該被當成補品了吧。」倪飛接著說。

「補品？」郭蕙問：「魂魄怎麼當補品。」

「看是煮了吃、直接吃，或是搭配藥材慢慢熬，都行。」倪飛說：「人魂在陰間很貴的。」

「魂魄可以當成補品……」陌青啊呀一聲說：「這樣的話，那些自殺的人，真的是自殺嗎？說不定有人故意用邪術害人，然後抓走他們的魂魄……」

「也只能是這樣啦。」倪飛打了個哈欠，懶洋洋地說：「不然也不用派我們出馬了，不是嗎？」

「韓大哥。」姜洛熙接著問：「你調查過主導都更的建商老闆嗎？不是說租屋中心是他開的？」

「哦——」韓杰點點頭說：「你反應挺快，一下子就盯上他了。」

「蕭老闆？他有什麼問題？啊……」陌青啊了一聲：「對耶，租屋中心是他開的。」

「是啊。」韓杰說：「自從開了租屋中心之後，自殺事件就接二連三出現。」

「可是……」陌青不解地問：「如果那位蕭老闆有本事害人自殺、抓走魂魄，為什麼要開租屋中心，特別把人拐進自己準備都更的地方殺呢？這樣不是反而更容易引起懷疑嗎？」

「因為四海新城是他的地盤。」韓杰說：「他不但在裡面開了租屋中心，大樓管委會也是他的人，大樓裡面有間辦公室，平時一堆兄弟在裡頭泡茶聊天，全是他過去的堂口小弟。」

「我猜，會不會是他們需要的魂魄，必須『養』一段時間才會有用。」姜洛熙插口說：「就像之前山哥騙我養壺靈，其實是利用壺靈『養』我。」

「沒錯。」韓杰彈了記響指，說：「所以他把人集中在四海新城裡，方便管理。」

「所以……魂魄到底要怎麼養？」陌青問。

「嗯……」韓杰低頭思索，像是在考慮這點該讓兩人自行調查，還是當成「提示」，直接揭曉。

「我知道，用水養！」倪飛像是不想被姜洛熙比下去般舉手搶答。

「哦，這你也知道！」韓杰有些驚訝。「你怎麼發現的？」

「我剛來沒多久，尿尿完洗手就發現了，水裡有股味道。」倪飛這麼說。「我研究過那種藥，知道那味道。」

「等等，你說用水養？怎麼用水養？」郭蕙追問。「是什麼水？」

「很簡單啊，往水塔裡加料，這樣就能一口氣『養』整棟樓的人。」倪飛隨口說：「我房間廁所水龍頭流出來的水，跟韓大哥房間的水，都有那味道，除了對水塔動手腳，應該沒有其他辦法了。」

「什麼——」郭蕙瞪大眼睛，轉頭望向韓杰。「往水塔理加料？」

「對。」韓杰點點頭。

「那你怎麼沒跟我說？」郭蕙瞪大眼睛，驚怒問：「我這幾天洗好幾次澡……還有早上刷牙……啊！我連喝水都是喝房間水龍頭煮滾的開水耶！」

「我怕妳太害怕，會露出馬腳。」韓杰攤攤手說：「你們別怕，我上禮拜就施法把水送上天庭，天庭醫官研究過那些水，裡頭的藥對陽世活人其實沒有壞處，甚至還能增強活人陽氣。」韓杰這麼說，從口袋拿出幾包梅片交給三人。「你們還是擔心的話，就吃這個吧，這是神明加持過的點心。」

郭蕙搶過一包梅餅，揭開就咬下一片，臭臉瞪著韓杰。

「那是『壯陽藥』——不是你以為的那種壯陽，而是像韓大哥說的一樣，能強化陽世活人陽氣。」倪飛也揭開一片梅餅吃下，解釋說：「陽世活人懂得用法術掩飾身上陽氣，下陰間假扮成鬼，再去騙其他鬼，有些鬼吃了幾次虧，開始研究這種藥，用來檢查對方究竟是人是鬼，鬼吃下壯陽藥，不會有任何反應，但陽世活人吃下這種壯陽藥，身上陽氣就會越來越旺盛，施法也掩飾不了。」

「你很懂嘛。」韓杰笑著說：「所以你也假扮成鬼騙過其他鬼？也被揭穿過？」

「沒錯！」倪飛哼哼說：「所以我也認真研究過這種藥，我想開發出一種連壯陽藥也揭發不了的擬鬼法。」

「你研究成功了嗎？」韓杰反問。

「還沒。」倪飛攤攤手說：「我是活人，活人會累，要睡覺要上學，沒辦法像鬼那麼閒，二十四小時不睡覺研究那些鬼東西。」

「那……他們往水塔加料，讓所有住戶增加陽氣？」郭蕙問：「這又是為什麼？」

「底下有千奇百怪的法術，用的材料也千奇百怪，這位大王喜歡極陰之物、那個老闆喜歡極陽之物；就像做菜一樣，不同菜色用不同食材來料理。他們招募租客、餵養他們陽氣、再引誘他們自殺，然後把浸泡在極陽肉身裡一段時間的魂魄抓來，燉成愛吃的菜、或者修煉成他們想要的樣子，這就他們在四海新城裡幹的事……」韓杰解釋：「老實說，一開始我沒發覺水有問題，我對陰間壯陽藥沒有研究，也想不透為什麼要特地找人上門自殺，接著我發現每天一到晚上，四海新城裡就有批鬼到處巡邏，他們挺有紀律，不會隨便露面嚇人，但會驅趕其他孤魂野鬼接近四海新城；所以我召集一批眼線，遠遠監視四海新城，有些眼線在高樓上，每晚都看見有鬼提著桶子往水塔裡倒，我才知道他們搞這把戲。」

「啊，等等……」陌青瞪大眼睛。「所以……如果那些鬼發現我是鬼，就會來趕我走？」

「對……」韓杰說：「而且他們手段非常粗暴，妳最好不要隨便露面。」

「那我盡量躲在傘裡好了……」陌青這麼說。

「不用啊。」銀鈴突然在姜洛熙身旁現身，對陌青說：「陰牌裡其實還有幾間空房。」

「是啊。」阿給也從姜洛熙口袋探頭出來說：「師父當年本來打算造面『八靈陰牌』，但想來想去身邊實在沒有更信任的人選，他怕其他傢伙不如我們忠心，硬湊在一起，說不定會反過來幫魔血仔欺負我們。」

三鬼奴先前聽說陌青解釋起「名義上夫妻」時，聽她說自己其實是鬼，可著實嚇了一跳，他們並非不知道陰間有藥物能讓亡魂擬化陽世活人，只是長年待在四靈陰牌裡鎮守凶靈魔血仔，資訊稍微過時，不曉得當年那些不入流的藥物，已經進化到連道行極高的他們，與陌青近身聊天半晌，也無法察覺出她是鬼。

「原來這小牌子裡有許多房間？」姜洛熙取出四靈陰牌翻看，對陌青說：「妳知道怎麼進去嗎？」

「我帶她進去。」銀鈴笑著伸手拉起陌青的手。

「等等。」陌青取出一只小瓶，揭開喝下，肉身化散，恢復成鬼魂，這才隨著銀鈴鑽入姜洛熙手上那四靈陰牌。

「這樣確實方便不少……」韓杰瞥見倪飛臭臉盯著姜洛熙手上那四靈陰牌，笑著問：「你捨不得那塊陰牌？那東西對你來說不算什麼吧。八個房間？換成是你，應該能在牌子裡蓋出一棟大樓，不是嗎？」

「我不是捨不得陰牌。」倪飛哼哼地說：「只是覺得……自己好像不被信任——上頭覺得我這極陰之身，會帶壞魔血仔，還是反過來，怕我被魔血仔會帶壞，最後兩個一起幹壞事？」

「呃……」韓杰像是被倪飛看穿心思般，有些窘迫，但隨即笑了笑，拍拍倪飛的肩，說：「別想太多，我不會眼睜睜看你幹壞事的，你如果將來哪天真要幹壞事，那就在被我發現前先宰了我，不然你肯定幹不成，因為我一定會阻止你。」他這麼說時，又望向姜洛熙。「你也一樣。」

「不要。」倪飛哼哼說：「我如果宰了你，不就等於當面向太子爺報告『我殺了韓杰，然後要開始幹壞事了！』嗎？所以我如果真的要幹壞事，一定偷偷來，神不知鬼不覺，讓你們沒辦法防備。」

韓杰聽倪飛這麼說，像是當真被視破心思般，一下子說不出話。

「所以啊……」倪飛冷冷說：「如果上頭真不相信我，現在就處理掉我吧。我不喜歡明明什麼也沒做，但大家都覺得我將來很可能會變成壞人那種感覺。」

「我是無所謂，反正我知道自己是什麼樣的人。」姜洛熙笑了笑說：「所以也不介意上頭派三位朋友來監視我。」

「你怎麼這麼說——」銀鈴陡然現身，撫著姜洛熙肩頭笑說：「我們哪裡是來監視你的，又沒人叫我們監視你……」

銀鈴這麼說完，見姜洛熙聳聳肩表示無所謂，又見倪飛睨眼瞅著她冷笑，驚覺自己這樣突兀殺出解釋，反而顯得欲蓋彌彰，便尷尬躲回陰牌。

事實上，當夜陳阿車廢去錢萊畢生道行、替倪飛揉好鼻子，便在捧著陰牌靜待半晌後，收到了三張金符。

陳阿車按照上頭囑咐，將金符轉交給三鬼奴。

那是天庭神明親賜的金符，三鬼奴隨身帶著金符，便能獨力駕馭魔血仔，而不用擔心彼此分開行動，魔血仔就要醒來作亂。

同時，金符具備通訊功能，讓三鬼奴能夠直接透過金符，與天庭神明報告當前諸事。

姜洛熙將四靈陰牌遞向倪飛，說：「如果你比較想要陰牌，那陰牌就給你保管，我來養鬼狗，雖然弦月不喜歡他就是了……」

「不用了。」倪飛搖搖頭。「你留著吧，我以後自己造個更棒的。」

「……」郭蕙瞧瞧韓杰，瞧瞧倪飛和姜洛熙，尷尬笑說：「怎麼氣氛怪怪的，原來天上神明跟自己找來的乩身……不是很熟的樣子。」

「可能相處得不夠久吧。」韓杰苦笑了笑，繼續說：「我想想，還要給你們什麼提示，嗯，剛剛姜洛熙好像問過蕭老闆——那位蕭老闆，前幾天我跟蹤過他，之後也特別請人調查過他。他幾年前做過健康檢查，得了癌症，已經到了末期——現在的他，其實不能算是活人了。」

「等等、等等！」倪飛突然嚷嚷起來，說：「韓大哥，你不是要我們自己調查？怎麼直接公布答案了？」

「因為那老闆平常很少露面，前幾天他約了個小模到處遊山玩水，不曉得什麼時候回來。」韓杰這麼說。「你們怎麼查他？」

「好吧。」倪飛聽韓杰這麼說，也莫可奈何，繼續問：「你剛剛說他不能算是活人？意思是他已經死了？」

「也不是……」韓杰說：「他身上帶著符藥掩蓋氣味，但是我還是聞得出來，他身上有種腐敗的味道，那是陰間一種劣質續命術，過去我碰過幾次……能讓重病的人以為自己痊癒了，但其實沒有，他們的身體雖然可以正常運作、體力也會恢復到生病前，但五臟六腑會逐漸壞死，等他們漸漸發現不對勁時，已經沒救了。」

「我好像知道那種法術。」倪飛聽到這裡，突然舉手插口。「但那種爛把戲，不須要費這麼大功夫、養什麼極陽魂魄來煉……」

「是啊。」韓杰點頭說：「所以我猜，蕭老闆被騙了。」

「也就是說──」姜洛熙說：「有個傢伙騙蕭老闆，說可以治好他的病，要他在四海新城開租屋中心，招租客上門慢慢養魂，養好之後再弄死，拿走魂魄，但其實不是給蕭老闆治病，而是拿去做其他事？」

「對。」韓杰說：「你們這幾天裡，要想辦法找出控制蕭老闆的那些傢伙，別讓他們的計畫得逞，沒問題吧？」

「有問題。」倪飛再次舉手，指著姜洛熙問：「姜洛熙那隊有四靈陰牌跟他名義上的老婆，還有貓乩幫他，我這邊只有一隻醜不啦嘰的小瘋狗，這樣好像不太公平……」

「笨蛋！」羅漢剛剛一直乖乖待在樹梢，沒有打擾眾人談話，此時聽倪飛這麼說，氣得大罵：「你還有我！你忘了嗎？」

「那洛熙隊也要加上我啊。」鳳仔在一旁插嘴。

「停！」韓杰揚手示意兩隻鸚鵡閉嘴，說：「別忘了回去之後，你們一開口，四海新城裡的鬼也有可能聽到，你們要注意點，別露出馬腳。」

「……」鳳仔和羅漢聽韓杰這麼說，立時閉嘴，嘰哩咕嚕地鳥叫幾聲，不時扭動腦袋，磨蹭被他倆夾在中間的文鳥小文。

小文身形比兩隻鸚鵡小了許多，也不像兩鸚鵡會說人話，神情倒是老氣橫秋，像是大前輩般一動不動。

「這樣的話……」姜洛熙將四靈陰牌遞向韓杰。「陰牌讓韓大哥保管？」

「不用。」韓杰搖搖頭。「你留著。」

「對，你留著。」倪飛望向韓杰，說：「我的意思是，姜洛熙有陰牌幫忙，我是不是可以用『木孩兒』了？」

「可以，你儘管拿出所有看家本領。」韓杰說：「不過記得別用大枷鎖打陽世活人，要是非打不可，記得控制力道，要是你弄出人命，尤其是無辜活人，那就算太子爺想保你也保不了，千萬記住這一點。」

「這當然啊，我是神明使者，是正義的一方，為天下蒼生降妖伏魔，怎麼會隨便亂打人。」倪飛聽韓杰說他可以儘管使出看家本領，不禁心花怒放，瞅了瞅姜洛熙，說：「我如果能用我那些道具跟大枷鎖木孩兒，反而對你不公平了。」

「沒差……」姜洛熙聳聳肩。「我無所謂。」

「不，這樣是真的不公平。」倪飛嘿嘿笑著對姜洛熙說：「所以我也給你一個提示，四海新城『地下』有個很凶的東西，這應該也是他們把四海新城當基地的另一個理由，你如果想知道地下有什麼，最好小心一點，做好準備再下去。」

「你已經下去過了？」韓杰先是一呆，跟著無奈笑笑，說：「我本來想讓你們慢慢發現，不過好像沒辦法，地下是你地盤，來到新家，四處蹓躂蹓躂，也很合理。」

「『地下』是指陰間吧。」陌青和郭蕙一臉好奇。「那裡到底有什麼？」

「其實我不知道，我只看到中庭裡搭了長長的棚子，就是那種封街辦喪事喜事的棚子。」倪飛誇張地說：「但我不知道棚子裡有什麼，我沒下樓去看，因為我害怕。」

倪飛說，他剛進房放下行李，隨手推門想瞧瞧陰間，立時就感受到那股可怕凶氣，他被那凶氣一路吸引，找進對門住戶室內，來到窗邊往中庭偷看。

「那不是一般的凶氣，也不是陰間便宜凶氣瓶那種騙人凶氣，是真的凶，好凶好凶。」倪飛這麼說。「我在陰間混很多年，沒有碰過那麼凶的東西。」

「其實我也不知道裡頭是什麼東西，我還沒去看過。」韓杰接著說：「我在陰間也安排了眼線，他們打聽出每隔幾天，就有貨車往中庭棚子裡送東西，送的好像是一些陽世活豬活羊。」

「活豬活羊？」姜洛熙等人聽韓杰這麼說，都有些訝異。「那些傢伙在棚子裡養怪獸？」

「我很好奇。」韓杰笑著望著倪飛和姜洛熙，說：「你們如果不聯手，自己搞自己的，到底要怎麼對付那東西？」

「總是會想到辦法的。」倪飛這麼說，轉頭望向姜洛熙。「你也這麼認為，對吧，千年一遇的修道仙身。」

「不知道，我還沒看過那東西啊……」姜洛熙攤攤手。

「等等，我可以打個岔嗎？」郭蕙插口說自己只會養貓，不懂驅鬼，韓杰雖替將軍和一窩小貓乩都施了隱藏神力的法術，但接下來幾天要是有個萬一，她被惡鬼盯上了，那該如何自保？

「妳拿著這個。」韓杰拿出一張黃金尪仔標交給郭蕙。「這借妳防身，妳二十四小時帶在身上，裡頭的小孩會保護妳，那些鬼沒辦法欺負妳。」

「小孩？」郭蕙捏著黃金尪仔標左右翻看，哼哼埋怨說：「你就派一個小孩保護我？」

「那小孩，連我都未必打得贏他……」韓杰這麼說。

「是真的。」姜洛熙盯著那黃金尪仔標，知道裡頭那紅孩兒確實厲害，一旁的倪飛沒見過紅孩兒，好奇伸手過來向郭蕙討尪仔標。「這麼厲害？借我看看！」但他剛拿到尪仔標，立時哎呀一聲，鬆手扔下，退開兩步連連甩手，像是被燙著般。

「笨蛋——」羅漢急急飛來，往倪飛腦袋踹了幾爪，氣罵：「你連基本七寶權限都沒拿下，怎麼能碰太子爺親賜韓杰師兄的重武器！」

被倪飛拋下的黃金尪仔標並未落地，而是在空中打了個轉，緩緩飄浮到郭蕙面前。

「這東西確實是重武器，我只有打魔王的時候才拿出來，平常不能隨便動用。」韓杰哼哼一笑，說：「這樣妳放心了吧。」

「放心了……」郭蕙欣喜接過黃金尪仔標，恭恭敬敬地朝天膜拜幾下，收進口袋。

玖

古色古香的房間中央有張小方桌，桌上放著手機，開啟擴音模式。

陌青、銀鈴、阿給、烏叔圍坐方桌旁，一齊陪姜洛熙討論接下來如何行動。

這房間是四靈陰牌內古宅一處小廳，小廳外有個小院，院裡滿地花草，還有幾株果樹。

「我還在想到底該從哪裡著手……」姜洛熙舉著手機躺在床上，望著天花板喃喃說：「陰間中庭裡的大棚子、水塔、幾天後會自殺的青年、中庭那個刀疤仔、樓梯間的女鬼、樓頂的小男孩……」

剛剛會議結束之後，眾人從不同方向返回四海新城；四海新城大樓三面樓宇底下各有一處出入口，對內通往中庭，對外通往騎樓。

姜洛熙從南側大門方向返回中庭時，迎面見到一個平頭男人，臉上掛著數條刀疤，兩顆眼睛灰綠混濁，扠手站在中庭中央，一身暴戾凶氣毫不掩飾，身旁還跟著兩個眼泛青光的小弟，三個顯然都不是陽世活人。

姜洛熙並沒有仔細打量他們，他與一個小弟錯身而過時，絲毫不閃不讓，任由身子穿過小弟魂身，假裝自己看不見他們。

自然，他早已施法掩飾身上神靈氣息，讓自己乍看之下和尋常人相差無異。

他從東側入口進入大樓，一路向上返回自宅，沿途碰見十餘隻鬼。

他從樓梯間的窗戶見到西側樓頂坐著一個小男孩，年紀看來和阿給差不多大；又在廊道間和一個凶厲女鬼擦身而過。

小男孩和凶厲女鬼身上的戾氣，與中庭刀疤男人差不多，比其他嘍囉鬼強悍一大截。

「螽叔，你們打得贏剛剛中庭那個刀疤哥嗎？」姜洛熙這麼問。

四靈陰牌內，螽叔安靜片刻，說：「那男人戾氣高出我們三個不少，但我們跟隨師父多年，習得不少異術，就算單對單，也未必會輸他，至少我不會輸他。」

「我也不會！」阿給插嘴說，銀鈴也跟著說：「我也覺得我能贏他。」

「我也這麼覺得。」姜洛熙點點頭，只覺得那刀疤男人身上凶氣和先前盜虎團鐵二沒太大分別——現在他已經曉得當時鐵二跟一票嘍囉和他打到一半，突然凶氣暴漲，是因為用上一種叫作「凶氣瓶」的小道具來嚇唬他。

他後來幾度回憶當時戰局，覺得要是再打一次，自己風火輪、混天綾全用上，再捏著金磚粉筆畫驅魔咒，他有信心可以擊敗鐵二——如果鐵二沒有其他怪招的話。

「洛熙，你想直接跟那些鬼開戰？」陌青問。

「不……」姜洛熙搖搖頭，說：「要打敗那些鬼應該不是問題，但他們比較像是守衛，幕後老大應該另有其人，說不定就藏在『地下』……」

「那你要下去調查嗎？」

「嗯，不過得先做好準備……」姜洛熙喃喃說，突然咦了一聲，低聲對手機說：「有東西來了，先別說話。」

他說完，立刻將通話畫面切換成網頁瀏覽器，默默滑動網頁。

一個滿臉黑褐血污的女鬼，穿牆飄進房裡，來到姜洛熙床邊，緩緩彎腰，低頭在他臉旁聞嗅。正是剛剛姜洛熙在樓梯間碰上的女鬼。

弦月伏在床角，仰頭望著女鬼，並沒有下一步動作。

鳳仔窩在窗邊櫃前小巢裡，呼嚕大睡。

姜洛熙專注盯著螢幕、滑動手機，任由女鬼從他腦袋聞到頸際，也沒有任何反應。

半晌，女鬼挺直身子，緩緩飄出房。

「……」姜洛熙深深吸了口氣，閉上眼睛，細細感應女鬼氣息逐漸遠離，這才坐起身，低聲將剛剛發生的事告訴陌青。

「你說……剛剛走廊碰上的女鬼進房聞你，聞完就走了？這麼奇怪？難道她發現你是太子爺乩身？」

「不。」姜洛熙搖搖頭，說：「她應該是來檢查我的陽氣。」

「檢查你的陽氣？」

「就像豬農每天檢查豬圈裡的小豬長得好不好一樣。」

「小豬？啊，你是說女鬼在檢查四海新城的住戶的陽氣培養情況……等等！剛剛弦月沒有反應嗎？」

「弦月……」姜洛熙望向弦月，弦月也望著他。「我不知道她剛剛有沒有反應，但我替她施了隱藏氣息的法術，陽世貓狗能看見鬼的不少，女鬼就算發現弦月看得見她，應該也不覺得奇怪吧……我猜啦。」

「那鳳仔呢？鳳仔不可能見到鬼也沒反應吧。」

「對耶。」姜洛熙說到這裡，起身來到窗邊櫃前，卻見鳳仔靜靜窩在巢裡打呼。

鳳仔睜開眼睛，探出頭來，像是有話要說，但很快又將頭縮回巢裡。

「呃？」姜洛熙伸手進鳥巢裡，摸摸鳳仔腦袋。「你怎麼了，你剛剛沒有見到那個女鬼？你睡死了？」

鳳仔先是點頭，然後搖搖頭，跟著探出半邊身子，抬高小爪，指指天花板，跟著又用小爪抓住自己的喙，反覆數次，姜洛熙總算看懂了，啊了一聲走回床上，對著電話說：「太子爺曉得這裡情況，不准鳳仔開口說話，免得引起鬼怪注意。」

「所以現在太子爺正看著你們？」

「不曉得，但他只要想看就看得到。」

□

西側六一八號房裡，倪飛蹲在衣櫃前，望著衣櫃裡那隻模樣古怪的黑色長毛吉娃娃，正稀里呼嚕地吃著小碟裡的狗罐頭肉。

是鬼狗。

倪飛替他取了個名字「醜八怪」。

醜八怪眼凸嘴歪、牙齒凌亂突出、舌頭黑黝黝滴答著口水，耳朵、尾巴和四足都長得歪七扭八。

「真可憐，長這麼畸形，難怪沒人要你。」倪飛蹲在櫃前，盯著醜八怪咧開歪嘴，將碟裡的罐頭肉吃得到處亂濺。「以後你就跟我吧……」

倪飛歪頭望著衣櫃裡這隻新收下的小弟，突然心頭一凜，迅速站起，關上衣櫃門。

滿臉是血的女鬼飄進房裡，緩緩飄向倪飛。

倪飛緩緩再次揭開衣櫃門，裡頭掛著幾件衣褲。

沒有鬼狗也沒有罐頭。

「明天約會要穿哪件啊……」倪飛取下襯衫，在鏡子前比劃試穿。

女鬼如同剛剛聞嗅姜洛熙那般，將倪飛上下也聞了個遍，這才離去。

倪飛等待女鬼走遠，這才壓低聲音暗罵埋怨：「什麼鬼啊，突然飛進來，嚇我一跳……」

他將襯衫脫下，掛回衣櫃，同時猜測女鬼應該是檢查他身上陽氣變化。

他關上衣櫃門，再次打開。

醜八怪歪頭吐著舌頭，朝他搖尾巴。

「我跟你說喔。」倪飛再次蹲下和醜八怪說話：「我先把你養在衣櫃裡，這裡很安全，這是我造出來的混沌，你躲在這裡，不會被鬼發現。對了，你也是鬼，應該不會大便對吧……這樣其實很棒耶，比養真狗輕鬆多了，哈！」

他摸了醜八怪一陣，關上衣櫃門，起身走到窗邊——他在鐵窗上鋪了張墊子，將小巢擺在墊子上，鐵窗欄杆上還懸了些羅漢的小玩具。

此時羅漢站在高處鐵窗欄杆上搖頭晃腦，見倪飛開窗，也沒說話，偶爾伸爪理理羽毛。

「幹嘛？你吃醋喔。」倪飛嘿嘿笑著，對羅漢說：「放心，笨蛋，我不會收了新小弟就忘了舊小弟，我沒那麼絕情……」

羅漢惱火飛下咬倪飛耳朵幾下，重新飛回欄杆。

「你幹嘛……」倪飛愕然想罵人，又見羅漢飛下，用爪子抓緊他雙唇，令他無法言語。

「懂了、我懂了……」倪飛費了好大勁趕走羅漢，關上窗子，總算明白羅漢此時認真扮演一隻平凡的鸚鵡；一隻平凡的鸚鵡，不該和人對話。

「不對啊，就算是普通的鸚鵡，其實也會說話啊……」倪飛想起這點，重新走回窗前想要開窗，但見羅漢微微抬爪，像是又想抓他，只好作罷，走回窗旁桌邊坐下，拿著手機隨意滑著，思索下一步計畫。

「唉，姜洛熙真好命，有漂亮老婆，又有四靈陰牌，我手下小弟沒一個像人的，連能陪我認真討論案情的對象都沒有，真不公平……」倪飛喃喃碎唸，起身如廁刷牙，關燈上床，躺在床上依舊碎唸抱怨。「人生真不公平，老天也不公平，不公平喲……」

□

北側四一四號房，韓杰坐在床沿，和王書語視訊通話。

「這樣子，真的好嗎？」王書語聽韓杰說起上頭對姜倪二人種種安排，隱隱有些不安。「你不覺得這樣有點差別待遇？」

「我一開始也這麼覺得。」韓杰苦笑說：「但是，太子爺覺得——」

是啊，人性善妒，因妒生恨者世間多有。

然後呢？妒了，接下來呢？

有些人妒了，只是放在心裡，罵罵就算了。

有些人一妒，可不得了，要幹大事了、想害人了。

如果只是這種程度的不公，就令一個人惡性畢露，表示這人終究只能待在低處，你不能給一個只能待在低處的人太多力量；只能待在低處的人一旦掌握了力量，想幹的事通常都不會是什麼好事，就算他們起初想幹好事，最終也會幹成壞事。

反過來說，佔著便宜的那個，會如何運用這不公平的優勢？願不願意伸手拉拔落後的人、會不會憐憫比他弱小的人，還是覺得僅僅這樣可不夠，還想要更多更多更多？

你睜大眼睛，跟我一起看下去吧。

「好吧。」王書語聽韓杰說完，似乎被說動。「這麼講也沒錯，畢竟他們不是一般人，他們將來擁有的力量，關係到很多人的生命安全，如果他們本性真有問題，發現得早，還有機會導正。」

「我自己是覺得……兩個應該都是好孩子。」韓杰苦笑說：「但我不是教育專家、不是心理學家，也不敢說自己多會看人，前面那句『我覺得』，更像是『我希望』……總之現在就是走一步算一步了。」

「我也希望你的希望成真。」王書語微笑說。

「女兒睡了？」

「剛剛睡了。」

「辛苦妳了。」

「你也是。」

拾

上午七點五十分，姜洛熙走進四海新城中庭西側一家早餐店，點了三明治和柳橙汁，選了靠近店門的座位，默默等待早餐。

四海新城是住商混合建築，加上興建得早，當年規劃簡單隨性，樓內有不少中小企業公司行號，從中庭抬頭仰望，能見著有些窗戶外掛著廣告招牌。

東側三樓其中一戶外觀醒目，窗戶雨棚造型為中式屋簷，窗內懸著一排紅燈籠，牆面漆成鵝黃色，還懸著一塊招牌——蘭仙宮。

這蘭仙宮，就是當年四海新城還被稱為猛鬼新城時，一位師姑入住後在自家開設的小道觀，那時蘭師姑這小道觀外觀與左鄰右舍相差無幾，沒有醒目漆色、沒有造型屋簷、沒掛紅燈籠，更沒懸招牌。

那時蘭師姑只是初一十五在家準時供奉菩薩，每天入夜後獨自登上頂樓捏著念珠低聲祝禱，當時一個管理員巡邏時碰上師姑數次，以為師姑也想不開，苦心勸誡，勸得師姑哈哈大笑，暢聊半晌，管理員才知道師姑是想化解四海新城內久聚不散的陰氣，因此時常上樓唸經。

蘭師姑行事低調，平時並無開業，只有當左鄰右舍上門求助時，才略加指點一二，久而久之，鄰居們發現某些問題諸如小兒夜驚、歸家時見鬼、半夜如廁聽見鬼哭、晚晚惡夢不止等，按照師姑指點行事，確實有效。

然而師姑也不是事事有求必應，有人上門拜託師姑施法助他兒子考試順利，師姑說想考高分只有乖乖認真讀書，菩薩不會幫人作弊；有人上門求師姑幫忙驅走令丈夫變心的狐仙，師姑說沒見到她丈夫身後有狐仙，她丈夫單純只是好色貪腥；有人上門求師姑指點自己如何才能發大財，師姑說要是知道方法，她早就住進高級別墅，捻翡翠念珠、燒高級檀香、供純金菩薩像了，窩在這地方幹啥？

多年之後，蘭師姑在病故前，將蘭仙宮這道觀名號連同房契全送給一位晚年收進門的弟子。

那弟子性情忠厚，但年紀其實沒比師姑年輕多少，沒過幾年腦袋已經不行了，決定返回外縣老家養老，將蘭仙宮讓給一對年輕夫妻接手經營。

那年輕夫妻甚至不是四海新城住戶，而是四海新城某個老住戶遠親，他們聽說蘭師姑過往事蹟，又聽說蘭仙宮傳人年邁無力打理、想找繼承人，便花了大半年時間，三天兩頭帶著鮮花素果上門和蘭師姑傳人培養感情，最終博得蘭師姑傳人歡心，逗得對方仿效當年蘭師姑般，將蘭仙宮道觀名號連同房契，全贈予兩人。

年輕夫妻接手蘭仙宮後，花了點錢整修門面，掛上醒目招牌、詳列收費項目，還請人雕出一尊蘭師姑塑像供上神桌，又替自己年幼女兒取了個別名——「蘭采花」，聲稱自家女兒是蘭師姑投胎轉世、是世間罕見的活菩薩。

四海新城老住戶大多知道這年輕夫妻玩什麼把戲，卻也懶得和他們計較，頂多再也不上蘭仙宮閒聊磕牙，逢年過節、中元普渡時也私下相約擺桌祭祀，不像過去那樣全以蘭仙宮馬首是瞻。

年輕夫妻儘管沒有老鄰居相挺，但靠著網路傳播、拍攝一支支通靈影片，雖然不到大紅大紫，卻也聚積了一定數量信徒，靠著向信徒兜售平安符、消厄水，日子倒也過得舒舒服服，每年定期出國旅遊。

到了這兩年，四海新城發生連續自殺事件，蘭仙宮的生意一下子熱絡許多，老鄰居們當中有不少人雖然不信那年幼的蘭采花真是當年蘭師姑轉世，卻相信蘭師姑始終沒有離開四海新城，即使離開了，大家也要將她重新喚回來，住戶們有錢出錢、有力出力，配合蘭仙宮舉辦一場場祭祀法會，花錢購買蘭仙宮清單上各種產品。大夥兒私下開玩笑，說就算用激將法，也要將當年那慷慨重義的蘭師姑，激回四海新城主持公道，有騙子誅騙子、有惡鬼降惡鬼、什麼都沒有就保佑保佑老鄰居們身體健康。

「吆！弟弟——」一名中年婦人，來早餐店點了早餐，瞧了姜洛熙幾眼，湊上來遞給他一枚平安符和一張傳單。「怎麼都沒看過你？是四海新城新租客？還是住外面附近？」

姜洛熙瞧瞧那中年婦人左腕三串念珠、右腕五串念珠、胸前掛著幾枚平安符，知道是藺仙宮義工來做生意了——韓杰安排在四海新城附近的眼線裡，有幾個是在地人，甚至在藺師姑生前與她有點交情，知道這藺仙宮演進歷程。郭蕙提前幾天過來，閒暇時隨意找街坊聊聊，也聽說不少近況，全整理進聊天群組裡，供姜洛熙和倪飛參考。

「我……是租客。」姜洛熙隨口回答。「昨天才搬來。」

「和家人一起搬來？」

「對……」姜洛熙搬出事先想好的假藉口。「我放寒假先進來住，我大哥下個月換新工作才搬過來……」

「這樣啊。」婦人點點頭，看看左右，神祕兮兮地說：「那你一定不知道這兩年這裡發生的事了，真是……我都不知道該不該講……」

「……」姜洛熙大略猜得出婦人目的，左顧右盼，思索該如何脫身，突然見倪飛走來，便直勾勾盯著他，像是猶豫該不該和他相認，藉此擺脫這婦人。

但他還沒做出決定，婦人已經摘下一串念珠，拉起姜洛熙的手，替他戴上念珠，整個動作一氣呵成，還揑著姜洛熙的手左右翻看，說：「好適合，是不是。弟弟你白白淨淨，這珠子也白白淨淨，根本天生一對，這表示什麼?表示你們有緣啊!」

「啊?」姜洛熙腦筋雖然不差，但一時竟無法應付婦人這奇異邏輯。「人跟珠子有什麼緣?」

「當然有呀。」婦人拉著姜洛熙的手揑揑揉揉，說：「你知道世間萬物，不管動植物還是石頭、不管是空氣還是水，都存在同一片土地上，你有沒有聽說過——萬物，皆有靈?」

「……」姜洛熙不知如何回答，默默望著倪飛走進早餐店，來到櫃台前，瞥了他一眼，還噗嗤一聲，掩嘴忍笑。

「不好意思。」姜洛熙取下念珠塞還給婦人，起身來到倪飛身旁，向他打招呼。「嗨。」

「嗨什麼嗨?」倪飛瞅瞅姜洛熙，說：「我們很熟嗎?」

姜洛熙見到倪飛揹著背包，問：「你有事要出去?」

「對啊。」倪飛說：「我不像你有一堆幫手，一切都得靠自己，我得回家一趟，帶齊傢伙……」他見婦人又要來拉姜洛熙的手，便對姜洛熙指了指婦人：「這位阿姨還有話要跟你說耶。」

「陌青！」姜洛熙不想再讓婦人抓他，連忙轉身舉起手機，高聲說：「抱歉，我剛吃完早餐，妳再等一下下，我馬上到……」他邊說，快速向婦人點點頭，不給婦人開口機會，立刻大步走遠。

「哼哼……」倪飛瞥著姜洛熙離去背影，突然感到肩頭被人一拍，回頭見婦人一手抓著念珠，一手要來握自己的手，立刻將手抽回，說：「幹嘛？」

「你也是新租客？」婦人笑吟吟問。

「不是。」倪飛說：「朋友請我來他家玩幾天。」

「你朋友……是四海新城住戶？」

「對啊，怎樣？」

「他有沒有跟你說，這個地方，很陰吶？」婦人神祕兮兮地問——櫃台前老闆娘像是對這婦人行徑司空見慣，一點反應也沒有。

「有啊。」倪飛隨口說：「兩年死一大堆人，全是自殺。」

「你知道啊？」婦人又問：「那……你不怕嗎？我跟你說，這個地方，一到了晚上……」

「我不怕耶。」倪飛從口袋掏出一張符，飛快折成六角狀，邊折邊說：「因為我是千年難遇的天才通靈人、中壇元帥太子爺陽世特派使者，遇鬼殺鬼、遇魔伏魔！」

「這樣啊……」婦人像是一時不知如何接話，喃喃說：「那……你有聽過藺仙宮嗎？」

「妳是說當年四海新城藺師姑的藺仙宮？」倪飛問。

「啊呀！」婦人聽倪飛竟然知道，樂不可支。「原來你知道啊！」

「我跟她很熟啊，前幾天還在南天門一起吃火鍋，她說她準備把藺仙宮交給我來管，畢竟我是天才通靈人嘛！」倪飛這麼說，見老闆已將他早餐裝袋，立刻掏錢結帳，隨手將六角符塞給婦人，說：「我這張符，比阿姨妳這些珠子厲害八萬七千六百倍，送給妳保平安，就當我們有緣！」

「妳看妳多走運阿姨！」倪飛笑著對指著婦人微笑，再對她豎豎拇指，提著早餐轉身大步走遠，留下婦人一臉錯愕愣在原地。

□

「你準備好要下陰間調查了？」手機裡，陌青這麼問姜洛熙。

「對。」姜洛熙站在四海新城對街便利商店外，說：「我還是得先弄清楚底下現在到底是什麼情形，才能計畫下一步。」

「可是……」陌青有些擔心。「四海新城晚上那些鬼，現在應該全在陰間，你現在進去……」

「我從其他地方下陰間，遠遠觀察。」姜洛熙這麼說，轉身往四海新城反方向走。

「對耶！不用直接下去。」

「還有，我剛剛碰見倪飛……」

「我知道。」陌青說她在三鬼奴教導下，能夠自四靈陰牌裡的古宅某些窗口，感知外界動靜。

姜洛熙來到昨晚大夥兒開會那公園，進入公廁，捏香灰畫符開鬼門進入陰間，轉往陰間四海新城。

他遠遠見到四海新城南面中庭入口，擋著一面陽世沒有的鐵柵欄門，柵欄內擋著帆布，看不見中庭模樣，門外還有幾個凶惡傢伙扠手看門。

姜洛熙不動聲色，遠遠繞路，花了好半晌繞過一整圈，發現這陰間四海新城另三面入口全被黑磚封死，且低樓層店面都拉下鐵門，大小窗戶也全被鐵架、木板封死。

唯一的入口，就只有南側中庭入口那道鐵柵欄門。

姜洛熙來到附近一棟高樓暗巷內，仰頭望了望高樓頂，取出四靈陰牌，湊在嘴邊說：「瘊叔，風火輪雖然可以爬牆，但好像太高調了……你們能帶我飛上樓頂嗎？」

「能。」螽叔、銀鈴和阿給，在姜洛熙身旁現身，螽叔和銀鈴一左一右架著姜洛熙肩頭，緩緩飛升上空；阿給則直接跑上牆、奔在前頭探路。

三鬼奴很快將姜洛熙帶至高樓頂。

姜洛熙來到牆沿，仔細瞧那兩條街外的四海新城，只覺得距離有些遠，許多細部難以看清，便取出手機試著拍攝再放大——但他隨即發現，他的手機只改造了訊息、通話功能，相機可拍不出陰間景象。

「等我一下。」阿給奔回四靈陰牌，拿了支單筒望遠鏡出來，給姜洛熙。「用這個！」

「喔！四靈陰牌裡面什麼都有啊！」姜洛熙欣喜接過，舉起湊在眼前仔細望去，微微驚呼一聲——他見到倪飛口中那像是封街辦婚喪活動的鐵皮棚子了。

整條狹長中庭幾乎都被大鐵皮棚擋住，大棚前端入口遮著半截門簾，棚外有些鬼守衛。

「你看到中庭那個很凶的東西了嗎？」陌青也從四靈陰牌裡蹦出，站在姜洛熙身旁，遠遠望去，什麼也沒瞧見。「我完全感覺不到，距離太遠了嗎？」

「我也感覺不到……」姜洛熙說：「剛剛在對街，也感覺不到凶氣。」

「該不會倪飛要你，隨便唬爛，想讓你白跑一趟？」陌青這麼問。

「不……」姜洛熙說：「他如果要耍我，不會用這麼無聊的方法耍，我猜是陰間四海新城整棟樓跟那大鐵門，都有阻隔氣息的法術，凶氣被擋在裡面，跑不出來。」

「有道理。」陌青說：「倪飛是從四海新城裡面下去，所以感受得到凶氣。」

「讓我試試。」螽叔這麼說，掏出一張方符，飛快折成一只符金龜，托在手上高高一拋，符金龜振翅飛起。「我們也一起幫忙。」身旁銀鈴、阿給也先後掏出方符，折出符蝶與符蟑螂拋上天，追上符金龜，一齊飛向四海新城。

「哇。」陌青有些崇拜。「你們什麼都會，好厲害啊！」

阿給得意地說：「我們當年奉師父命令，助小師弟回收陰牌，一堆跟蹤、偵察、監視的活兒都由我們負責呢！」

螽叔的符金龜飛到四海新城正上方，猶如空拍機般居高臨下俯視整座四海新城；銀鈴指揮符蝶飛向四海新城東側，自九樓外一處沒有封死的窗，飛入建築內部；阿給那符蟑螂落地之後，直接從鐵柵欄門下縫隙，鑽入四海新城中庭。

「我看見大棚子了，但這符蟲只能視物，沒辦法感受氣息。」阿給瞇著眼睛、捏著指印，控制符蟑螂鑽進中庭花圃，爬過數片焦黑枯草，來到那大鐵皮棚外，見到大棚外站著幾名嘍囉守著，便循著中庭一樓店面牆角繞爬，觀察四周動靜。

符金龜循著頂樓圍牆飛繞一圈，東西兩側出入口皆已封死，只有北側出入口敞著，樓梯間也有鬼嘍囉把守，倘若姜洛熙直接走陰間上頂樓，就會直接撞著這些鬼嘍囉。

符蝶進入東側九樓接連巡過幾戶，大都是無人空房，來到對映陽世東九〇九號房那戶，裡頭同樣也是空屋——九樓整層除了北側通往頂樓的樓梯對面那戶有處供鬼嘍囉休息的茶水室外，幾乎都是空屋，這意即姜洛熙若直接從他房裡下陰間，幾乎不會撞著鬼嘍囉。

符金龜也飛下一同巡樓，與符蝶兵分二路自八樓巡至三樓，發現鬼嘍囉大都分散在三樓數間房裡歇息、閒聊，想來是等太陽下山後才上陽世四海新城巡邏。

「除了九樓樓梯口有幾個鬼嘍囉守著通往頂樓的樓梯，四樓到八樓一隻鬼也沒有。」銀鈴這麼說。

「也就是說——」姜洛熙喃喃說：「我其實可以直接從房裡開鬼門下陰間，從東側樓梯下樓，底下幾層樓都沒有鬼……」

「你要現在回陽世四海新城下陰間？」陌青這麼問。

「等等啊，我的符蟑螂還沒逛完耶！」阿給這麼說，令符蟑螂急急爬至大棚底下，一路繞至大棚後方。這長形大鐵皮棚，雖然狀似陽世封街棚子，但帆布卻厚重無比、直接壓蓋在地板上，符蟑螂繞找半晌，竟沒發現一處可以擠入棚內的縫隙或者缺口。

符蟑螂繞逛整圈，繞回大棚入口方向，阿給只見入口門簾下襬離地數十公分，是唯一的入口，便令符蟑螂自鬼嘍囉身後繞過，暗暗潛入棚內。

「我進去了！裡頭一大堆箱子籠子，有些籠子裡有豬……等我繞過這些籠子，看看後面還有什麼。」阿給歡呼一聲，令符蟑螂加速往前方雜物堆爬去，但隨即畫面一黑，什麼也看不見了。

「咦？怎麼回事！」阿給睜開眼睛，又重新閉上，施法半晌，符蟑螂依舊毫無反應，急得連連跳腳。

「蹲下！」螽叔這麼說，伸手按著姜洛熙和陌青肩頭，將兩人壓蹲下地。

「怎麼回事？」姜洛熙和陌青愕然發問。

「棚子裡走出一個駝背老太婆。」銀鈴蹲在牆邊，閉目操使符蝶攀在六樓壁面上，盯著大棚入口。「老太婆好像捏著什麼東西，東張西望，她好像很緊張，又好像有點生氣……」

「我的蟑螂該不會就是被那老太婆踩死的吧……」阿給蹲在銀鈴身旁，氣呼呼地重新拿出方符紙，重新折了隻蟑螂。

「我進去了。」螽叔這麼說，他那符金龜走出棚頂，趁著老太婆走出棚外東張西望之際，自門簾縫隙飛進棚內，長驅直入，飛過大堆箱子籠子，來到中庭中段。

「這怎麼回事……」螽叔聲音微微吃驚。

「你看見什麼？」

「那是……一個大鐵箱！埋在土裡的大鐵箱？」𠍱叔說，中庭中段被挖出一條三十餘公尺長、十餘公尺寬的長形坑洞，坑洞中埋著一個長形鐵箱，猶如一具放入土內的巨大鐵棺材。

鐵箱一端蓋著一張符籙紅布，紅布規律向下凹陷，底下顯然是一面柵欄門。

符金龜落上鐵箱，鑽入紅布底下，來到那柵欄門旁，自欄杆縫隙鑽進鐵箱。

鐵箱內漆黑一片。

黑暗中，又有兩點紅光微微發亮。

紅光迅速近逼，符金龜旋即失聯，𠍱叔睜開眼睛。

「嗯？」銀鈴透過符蝶，見到那駝背老太婆急急轉身奔回棚內，周遭鬼嘍囉也跟了進去。

「怎麼了？」姜洛熙探頭出牆，舉著單筒望遠鏡望向中庭大棚，只見那老太婆再次撩開門簾衝了出來，東張西望，突然牢牢盯住了這兒。

「哇！」姜洛熙連忙低頭，說：「她好像看到我了……」

「不會吧，那麼遠……」陌青也想抬頭去瞧，卻聽銀鈴驚呼一聲說：「真的！我們被發現了，鬼嘍囉都跑出來了，而且就往我們這棟樓飛來！」

「什麼？」姜洛熙又是一驚，將望遠鏡塞還給阿給，急急奔向頂樓出入口，三鬼奴也拉著陌青溜回四靈陰牌。

姜洛熙奔進頂樓梯間，已經感到大批鬼氣飛近樓頂。

他急急下樓，在這陰間大樓內四處尋找適合開鬼門返回陽世的空間——這是商辦大樓，倘若誤闖陽世辦公室，那可有點麻煩。

「別慌，我們幫你探路。」阿給這麼說，四靈陰牌立時竄出三隻符蟲，散開探路，引領姜洛熙一路找著廁所，躲進廁所隔間。

姜洛熙在廁間裡取出手機開啟陰間地圖ＡＰＰ，不時切換至陽世地圖，確認本棟大樓其陽世對映大樓，及陽世大樓各樓層公司行號，看看從哪層樓、哪個單位返回陽世比較不會驚動太多人。

「我們現在在二十二樓……哇！十八樓就是蕭家建設！」姜洛熙有些驚愕，發現這棟商辦大樓的十八樓，就是當年興建四海新城、現今主導都更的蕭家建設。

「啊，你要去蕭老闆辦公室？」陌青不解問：「現在是上班時間耶！」

「對啊。」姜洛熙說：「但韓大哥說，蕭老闆現在跟小模度假，他個人辦公室裡現在應該沒有人，現在去的話，說不定能找著什麼——例如他用來續命的邪藥。」

「那如果他在，或是辦公室裡有人呢？」陌青問。

「我會盡量小心。」姜洛熙擬妥計畫，對著四靈陰牌碎語吩咐。

三隻符蟲兵分三路，一隻上樓觀察那些鬼嘍囉動靜，一隻下樓偵察四周有無其他野鬼，一隻飛在姜洛熙前方領路。

姜洛熙在符蟲領路下，抵達十八樓。

他持著手機，比對蕭家建設網頁裡幾張老闆個人辦公室照片，找著一處空間、格局，都與照片相差無幾的大房間。

這大房裡後方，還有一間約三坪大的小房間，小房間裡又有一間一坪大的廁所。

「連廁所都有？這裡應該就是老闆辦公室吧。」姜洛熙來到廁所，打量四周。

「說不定門一打開……會看到老闆抱著小模親親喔！」陌青噗嗤一笑，說：「就算是度假，也還是有可能突然回公司啊。」

「是有可能……」姜洛熙點點頭，認真考慮這個可能性，但見陰間廁所馬桶上的馬桶蓋還在，便伸手蓋上馬桶蓋，捏香灰在馬桶蓋上畫上一道鬼門咒，跟著緩緩揭開一條縫，搖搖四靈陰牌。「阿給，看你的了。」

「好！」阿給吆喝一聲，符蟑螂倏地鑽入馬桶蓋縫隙，進入陽世偵察——陽世廁所無人、外頭小房也無人。

那小房有桌有床，像是專屬休息臥房。

符蟑螂鑽過小房門縫，來到一間裝潢氣派的大房，裡頭擺著大辦公桌和待客沙發，確然就是蕭老闆個人辦公室。

符蟑螂鑽進蕭老闆個人辦公室大門，卡在門縫底下盯著外頭廊道，替姜洛熙把風。陰間這頭，姜洛熙立時抹去馬桶蓋上的鬼門符，重新在廁所門板畫上一道鬼門符，開門來到陽世。

他踏進蕭老闆辦公室，來到辦公桌旁大窗前，望了望兩條街外那陽世四海新城。跟著，他凝神四處聞嗅、搜索，試圖在這蕭老闆辦公室裡，找出他與陰間勢力勾結的線索；三鬼奴和陌青也出來幫忙——三鬼奴替陌青施下遮陽法術，儘管現在是白晝，但只要避免烈日直曬，眾鬼在室內依舊可以自由活動。

「喂！有人來了——」阿給出聲驚呼。

姜洛熙趕忙奔入廁所躲回陰間，但他並未擦去廁所門上的鬼門符，甚至還讓門微微敞開，讓阿給繼續控制那符蟑螂觀察辦公室動靜。

他佇在門旁，甚至能透過門縫，稍微聽見陽世辦公室內動靜。

一個男人急急推門走進辦公室，揭開一處矮木櫃，裡頭是電子保險箱。

男人按下密碼，打開保險箱門，從中取出幾只玻璃小罐，放入隨身提袋。跟著取出手機，快速撥打電話。

「蕭老闆，我曹安仁。」這叫作曹安仁的男人，闔上保險箱和木櫃門，神情有些急促，起身講著電話。「藥我拿了，等等立刻請快遞送去給你——不過剛剛安義通知我，說狼窩有狀況，有可能是神明乩身上門找麻煩了，總之……他們正在商量怎麼做，但可能要請蕭老闆出動老虎會的兄弟幫忙，是、是，交給我吧。」

曹安仁掛上電話，匆忙提著提袋離開。

符蟑螂重新鑽回門縫把風。

姜洛熙走出廁所，返回剛剛男人取藥那木櫃前。

「六九五四、七三二八、一零四九、五七三二。」阿給唸出長長一串數字。「照著按就能打開了。」

「你記性這麼好？」姜洛熙揭開木櫃，要阿給慢慢再唸一遍。

「我不是記性好，我是抄下來了。以前我們幫小師弟回收陰牌時，那些陰牌主人最常藏陰牌的地方之一，就是保險箱，所以我一看櫃子裡還有保險箱，馬上就拿出紙筆了。」阿給嘿嘿笑著說，又將剛剛抄下來的密碼，重新唸了一遍。

姜洛熙打開保險箱門，只見裡頭有幾疊現鈔、幾只名錶、以及一只黑色布袋。

他取出布袋，裡頭是裝著十餘只玻璃小罐，那些小罐外型類似雞精罐，但裡頭卻是濃稠紫黑色汁液，輕輕晃動，隱約可見汁液裡還有東西，像是成形到一半的小雞。

「這就是蕭老闆和陰間勢力勾結，交換用來續命的邪藥？」姜洛熙僅取走一瓶邪藥，將剩餘十餘罐邪藥放進布袋，擺回保險箱，關上櫃門。

「現在要回去了嗎？」陌青問。

「這個嘛……」姜洛熙說：「既然來都來了，我再想想現在還能做些什麼……」

拾壹

午後，倪飛揹著大背包，胸前還斜掛一只側背包，走進一家速食店點餐。他花了一上午時間，下陰間招計程車，往返桃園自家，帶齊大枷鎖木孩兒及各種重要道具，還跑了幾處過去常逛的陰間商家補了些貨，才返回台中四海新城。

倪飛端著餐點找了個座位享用，手機上跳出姜洛熙的語音通話要求。

「幹嘛？」倪飛接起電話。

「剛剛我去了陰間一趟。」姜洛熙說。

「喔，然後呢？」倪飛邊吃薯條邊說：「你想炫耀你有四靈陰牌幫忙，幹得很順利嗎？」

「不是。」姜洛熙乾笑兩聲，說：「棚子裡真有隻怪獸，螽叔派符蟲看過了，好像是頭狼，很大隻的狼。」

「喂！」倪飛有點惱火，說：「你幹嘛破哏啊，我想自己查耶！你很機車耶，有四靈陰牌幫忙了不起喔！幹嘛一直炫耀！」

「我說了不是炫耀……」姜洛熙嘖嘖幾聲說：「是因為剛剛我的行動被發現了，

他們肯定會有防備，我只是想提醒你這一點。」

「你幹嘛提醒我？」

「你昨天不是也提醒過我底下情況嗎？」

「因為太子爺准我用木孩兒跟其他道具，我怕對你不公平。」

「我也有flag叔他們幫忙啊。」

「我的木孩兒跟那些道具，比flag叔他們還厲害。」倪飛說：「我不想佔人便宜，我想跟你堂堂正正分個高低，他們說我們兩個是千年一遇的修道仙身跟極陰之身，我想知道這兩個哪個更強。」

「我沒這種興趣，我繼續忙我的事了。」

「哼。」倪飛掛上電話，繼續吃著速食，不時伸手拍拍他擺在椅上的背包和那側背包——這側背包是軍綠色，外型像是高中書包，但並未印上校名。

側背包裡頭，藏著他那祕密武器，大枷鎖木孩兒。

大枷鎖是陰間一種用以拘束、控制剽悍動物靈或者凶悍惡靈的工具。大枷鎖製造過程中，也會融入各種靈體，經過調教訓練後，聽從施術者指揮。

在陰間，最頂級的大枷鎖，通常會冠上「孩兒」二字作為識別，這是因為孩兒級別的大枷鎖，表示融入人魂，比起動物靈，人魂更加聰慧，也擁有更強烈的自我意識，因此比動物靈更為優秀，也更難以駕馭。

融入人魂煉製而成的大枷鎖，力量自然也越強大，能夠控制更厲害的凶獸、邪靈；某些大枷鎖經過特別設計，除了控制惡獸之外，還能依附在施術者自身上，成為猶如鎧甲、外骨骼之類的強悍裝備。

倪飛研究這木孩兒已有數年時間，他定期向陰間商人購買特製的蟲鳥魚靈，植入植物活苗，種進土裡，再用不知從哪學來的古怪方法，用自己的頭髮、指甲、血液和幾種自產體液，調製出帶有自身三魂七魄氣息的肥料，每日對活苗施肥灌溉，將活苗中的蟲魚鳥靈，培養出帶有人魂氣味的「仿人魂」。

也就是說，倪飛用來製造木孩兒的人魂，並非真的人魂，而是偽造的仿人魂；因此嚴格來說，倪飛的木孩兒並不具備冠上「孩兒」二字的資格，但他過去幾次造出的「測試版」木孩兒，都通過黑市商家簡易鑑定，順利上架寄賣，後續也未被買家識破；加上並未進入規模更大的拍賣會場，也未經正式鑑定機構檢驗，因此從未遭人糾正過這一點。

過去倪飛深信憑自己本事，終有一天要將正式版木孩兒，送入陰間最頂級的拍賣會場，售出高價，且絕不會被人發現異狀——他相信倘若有人真發現他用仿製人魂代替真人魂，也不會否認他造出的木孩兒性能一點都不輸給其他孩兒級大枷鎖。

然而他成為太子爺乩身之後，這木孩兒的研發進度便耽擱了下來，畢竟他心知自己這木孩兒及許多古怪道具的修煉製造方法，可都算是廣義上的「邪術」，但太子爺並未過度限制他，只叮囑他未經許可，不得隨意擅用那些陰邪玩意兒。

因此這次韓杰允許他使用木孩兒和自製道具處理四海新城案件，他欣喜若狂，覺得自己終於有機會大展身手了。

吃完速食，倪飛返回四海新城，將大背包裡各種道具，分門別類取出擺上地板。這些稀奇古怪的道具，一部分是他手工自製，一部分是他從幾間陰間黑貨商店添購而來。

他扠手盯著滿地道具，像是在思索今晚陰間一遊，該帶其中哪幾樣，一口氣全帶在身上，行動時肯定不方便，他必須在武裝程度和輕巧俐落間做出取捨。

他突然想起今天還沒看過醜八怪，便取了個小碗，倒了些狗糧，來到衣櫃前，揭開櫃門。

一股異臭猛烈撲門而出，醜八怪見倪飛開門探他，興奮撲出衣櫃，繞著倪飛雙腿繞圈圈。

「嘔！嘔——」倪飛驚駭乾嘔之際，只見衣櫃裡，留著數坨漆黑黏稠的糞便。「媽呀你會大便啊！鬼狗也會大便？幹這味道……嘔！嘔！嘔！」

他立時關上衣櫃門，端著裝著狗糧的碗，站在衣櫃前，像是後悔接手養這鬼狗。

醜八怪甩著舌頭、高高撲起，抱著倪飛大腿一路往上爬——正常小狗腿爪構造，很難扒著人衣褲往上爬，但醜八怪儘管四足有些扭曲，走路姿態歪歪扭扭，但一動起來，又十分靈活，轉眼爬上倪飛胸口，拉長頸子想吃倪飛碗裡的狗糧。

「不行不行！你會大便的話，就不能餵你吃飼料了……」倪飛將手舉高，不給醜八怪吃。「醜八怪，記住你的身分，你是鬼，不是狗，鬼不用吃東西，也不應該大便……」他邊說，邊大力將醜八怪推下身。

醜八怪跌落在地，嗚嗚叫了兩聲，仍興奮地繞著倪飛雙腿轉圈，但見倪飛托著碗瞪他，呆愣半晌，委屈地後退幾步，繼續和倪飛大眼瞪小眼，像是察覺出倪飛流露出的厭惡，便一步步縮到角落，靜靜伏下。

「……」倪飛苦惱半晌，見醜八怪模樣有些可憐，便端著碗走去醜八怪面前，蹲下，對他說。「你要開始學定點大便，如果你學會定點大便，我就繼續餵你吃東西，可以嗎？」

醜八怪蹭了蹭倪飛的手，也不知聽懂沒。

倪飛將小碗放到醜八怪面前，醜八怪開心吃起狗糧。

「……」倪飛重新站起，轉身望向那衣櫃，如臨大敵——

半小時後，倪飛戴上剛剛買回的洗碗手套、口罩，抓著衛生紙和清潔劑，揭開衣櫃門，花了好大功夫，乾嘔無數次後，終於將幾坨軟爛黑糞清理乾淨，掛上幾枚芳香包，這才關上衣櫃門，然後再度揭開，在陽世衣櫃空間裡，也掛上幾枚芳香包——這是因為混沌空間雖然能夠阻隔氣味，但一旦揭開櫃門，氣味會四處溢散。

他長長呼了口氣，嗅嗅自己胳臂，覺得應該去洗個澡，但猛地又聞到一股惡臭瀰漫，一回頭，只見醜八怪身旁，又多出一坨黑糞。

「不是吧！」倪飛高聲哀嚎，但想起自己雖要醜八怪學習定點大便，但還沒指定地點，也沒替他準備報紙、沙盆之類的「廁所」。

□

晚上八點，吃過晚餐的倪飛返回四海新城租賃屋，洗了把臉，換上一身運動衣褲，套上帽T，將側背包斜揹上身，提起鼓脹脹的小背包，戴上獠牙鬼面具，來到廁所前，將敞開的門拉上關實，然後推開一條縫。

縫裡拂出淡淡的陰間氣息，氣息裡摻雜著他前一次下陰間時，感受到的那股駭人凶氣。

姜洛熙說螽叔已見到那東西眼睛，是頭狼，一頭巨大的狼。

倪飛取出手機，又從口袋掏出一只奇異裝置，嵌裝在手機上方；他滑動手機，開啟操控程式，奇異裝置倏地伸出一條手指粗細的機械長臂，末端接著一顆小型鏡頭。三十餘公分長的機械細臂上有數處關節，隨著倪飛透過手機控制，伸入門縫，左右拍攝。

他手機螢幕上，出現陰間廁所內部畫面。

倪飛確認確認租賃屋陰間廁所無鬼，正想推門踏入陰間廁所，突然聽見一陣鳥鳴，回頭，只見羅漢攀在紗窗上不停振翅，便問：「你要跟我去？」他問完，見羅漢連連點頭，便來到窗前，開窗，讓羅漢飛上他肩頭。

「你不是在扮真鳥？」倪飛問。

「扮真鳥好無聊，我受不了了！」羅漢湊在倪飛耳邊說。

「怎麼不去找鳳仔玩？」

「鳳仔扮真鳥扮上癮，連人話都不會說了，見到我也只會講『你好我是鳳仔，恭喜發財……』好像失智一樣，總之我要跟你行動。」

「你想跟就跟吧，可別嚇著了。」倪飛帶著羅漢走入陰間廁所，關門，又揭開一條縫，用細臂鏡頭瞧瞧房內，同樣沒有鬼。

他走出廁所，來到陰間自宅室內，揭開小背包口袋，取出一枚指甲大小的方形東西，那是陰間針孔攝影機。

倪飛將針孔攝影機側面抹上膠，黏在窗外牆沿上，讓鏡頭正對著屋中房門，跟著用手機檢視拍攝成果，確認能夠攝得屋中動靜。

他來到門前，故技重施，用手機細臂鏡頭伸出門縫窺視一番，然後推門來到廊道。

他躡手躡腳走至西側樓梯，小心翼翼地拿著手機，利用那細臂鏡頭察看樓梯下方動靜，便這麼一路來到二樓。

此時三樓也靜悄悄的，一隻鬼也沒有——倪飛刻意挑在夜晚行動，正是因為入夜之後，這些鬼會上陽世巡邏，陰間這頭反而冷清，方便行動。

他一路來到一樓，將細臂鏡頭伸出轉角，窺視中庭動靜，只見南側柵欄大門那端聚了幾隻鬼，但北側末端十分安靜。

他見那大棚就在眼前，便直接來到棚下，左手揪著帆布，右手持手機往下伸，像是想拉起帆布，利用細臂鏡頭偷拍棚內。

但他僅將帆布拉高吋許，立時感到手指像是遭受電擊般刺痛，立時鬆手後退。同時，一陣奇異嗡鳴聲，刺耳地自大棚內部響起。

倪飛驚覺這大棚帆布上原來施有如同警報裝置般的防禦法術，他退入西側樓梯間，聽見一個沙啞吼聲自棚內尖銳響起：「外頭是誰？」

「噫！」倪飛立時轉身拔腿奔逃上樓。

帆布啪地裂開一條大口，衝出一個佝僂老太婆，那婆婆面貌看來極老，臉上布滿密密麻麻的皺紋，口鼻向前突出，類似犬科口鼻，一雙眼瞳黃澄澄的、凌厲精銳，彷如凶惡人狼。

「是誰？」老太婆咧開嘴巴，露出一口利齒，扭動著鼻子，緩緩走向西側樓梯，來到梯間，靜默嗅了嗅，倏地飛奔上樓，拔聲尖吼：「是誰？是誰——」

「我幹……那什麼鬼？」倪飛剛奔上四樓，感到底下一股粗野凶氣急速追來，驚駭之餘，知道自己恐怕趕不及奔回六樓自宅，只好繞去四樓，隨意推開一戶門，闖入無人空屋。

下一刻，老太婆已經撲竄到門外，凶惡追殺進屋，後頭還跟著兩個鬼嘍囉。

「是誰……」老太婆瞪著一雙精銳狼眼，掃視這空屋，她扭動鼻子，仔細聞嗅，一路聞到廁所外，見廁門緊閉，吼地踹開門板，裡頭空空如也。

老太婆氣急敗壞，朝著身後嘍囉大吼：「教安義去四樓這一戶仔細搜搜！把那傢伙給我找出來——」

「是！」嘍囉立時取出手機，將老太婆命令轉達給在陽世巡邏的伙伴們。

半晌，陽世巡邏伙伴回撥電話，說四樓什麼也沒找著。

「怎麼可能？那傢伙身上那股味兒明明就在這兒！除了躲去陽世，還能去哪？」老太婆氣憤不已，又左右嗅了嗅，在廁所進進出出幾次，這才暴跳如雷地奔出屋外，憤慨下樓。

室內靜悄悄的，一點聲音也沒有。

直到半小時後，廁門縫下悄悄伸出細臂鏡頭，四處轉了轉，倪飛小心翼翼推門踏出廁所——他剛剛並非逃回陽世，而是在廁所內闢出混沌空間，躲進混沌。同時，他在進廁所前，還順手將一枚針孔鏡頭，黏在門框上，因此剛剛那老太婆從進屋直到離去，期間一舉一動，他在混沌內都看得一清二楚，儘管如此，他擔心老太婆假裝離去再回頭堵他，因此等了半小時，這才敢走出混沌。

「笨蛋，那狼嘴老太婆就是你說的惡狼？」羅漢低聲問，他也讓剛剛那老太婆的凶猛嚇得不輕。

「不是……」倪飛搖搖頭。「老太婆的凶氣雖然也很凶，但是跟中庭棚子裡那凶氣沒得比……」

「那你現在打算怎麼做？要回去嗎？」

「我想再下去看看。」

「什麼？你不怕那老太婆又來抓你！」

「她抓我我就跑啊，才不會讓她抓到。」倪飛這麼說，來到廊道，想起那老太婆鼻子似乎挺靈，便往身上多補幾道隱匿陽氣的咒術，沿路用細臂鏡頭拍攝轉角探路，悄悄走回二樓與一樓間轉角處。

他盯著梯間外中庭大棚帆布上那道裂口，隱約聽見棚裡傳出老太婆惱火怒罵聲；跟著他探頭瞧瞧一樓階梯底下那堆放雜物的狹窄三角空間，心生一計，揭開背包翻出一疊像是塑膠布塊的東西，在上頭黏上一枚針孔攝影機，又開啟一處小開關。

那疊塑膠布塊開始緩緩充氣膨脹，隱隱可見略呈人形。

跟著他躡手躡腳下樓，隨手將一枚針孔鏡頭黏在不起眼的階梯角落，然後將三角空間裡一個紙箱嘩啦拉出，自個兒鑽入三角空間裡。

「什麼聲音！」狼嘴老太婆察覺外頭動靜，又從剛剛那帆布裂口撲了出來，齜牙咧嘴地左瞧右看，扭動鼻子一路聞嗅找來，來到樓梯間，盯著那被拉出三角空間的雜物紙箱，上前一腳踹爛紙箱，矮身探頭瞧瞧三角空間。

裡頭只有一堆雜物，什麼都沒有。

樓梯上方發出一陣響亮腳步聲，老太婆嘶吼叫罵，飛快追上樓梯。

數秒後，三角空間撲出一個充氣人偶，身子一面充氣膨脹，一面拔足奔往大棚，額頭上還黏著一枚針孔攝影機。

這充氣人偶，以及剛剛倪飛放在樓梯間那疊塑膠布，正是倪飛新添購的陰間道具——充氣一號二號。

充氣一號引開老太婆，充氣二號自梯下三角空間內的混沌空間衝出，直奔大棚，衝進帆布裂口，在倪飛透過手機遙控下，東張西望，只見大棚朝南側，堆著一個個鐵籠和雜物箱子，有些籠中還囚著些活豬；大棚北側，真如姜洛熙說的，有一條長坑，裡頭擺著猶如囚牢般的巨大鐵箱。

兩個忙著打掃的鬼嘍囉見充氣二號闖入大棚，驚訝地趕來圍捕。

充氣二號樣貌滑稽，但動作倒是敏捷，在一個個豬籠和大箱間翻來躍去，擺脫嘍囉追趕，直奔長坑。

充氣二號高高一躍，落在鐵箱上，磅磅奔跑起來，奔到那張符籙紅布前，伸手揭開紅布。

紅布底下是道柵欄方門。

柵欄底下，有顆臉盆大小的殷紅血眼。

那眼睛似乎對充氣二號有些好奇，瞧了兩眼，一晃，出現一個巨大鼻子，隔著柵欄聞嗅起來。

「哇！」倪飛躲在梯下三角空間的混沌裡，用手機控制充氣二號，透過充氣二號額上的針孔鏡頭，清楚見到柵欄門下那枚巨大狼眼和狼鼻。「真的是狼啊！這也太大隻了吧，跟恐龍一樣大的狼！到底什麼鬼啊？」

「呀──」五樓傳來老太婆的怒吼。

老太婆左手揪著充氣一號洩了氣的破爛身子，直直躍出窗戶，轟隆落在大棚頂上，飛快繞回入口，殺回大棚，衝向猶自在鐵箱上和嘍囉鬼你追我跑的充氣二號身後，將充氣二號逮個正著，再一把撕爛。

「到底是誰來搗亂？出來──」老太婆咆哮怒吼。

鐵箱裡那巨狼似乎被老太婆的情緒感染，開始躁動起來，在鐵箱中來回走動，喉間發出如同滾雷的聲響。

「沒事沒事……」老太婆聽見巨狼聲音，立時奔到柵欄門前，柔聲安撫。「不怕不怕，有狼婆在，沒事……快睡……乖……」

「狼婆？」倪飛盯著手機螢幕，聽那老太婆自稱狼婆，一面揭開背包，從中取出一個扁木盒──他的充氣一號二號雖然爛了，但上頭的攝影機和收音裝置，仍能正常運作，因此還是可以聽見狼婆說話。

「這木頭是木孩兒？」羅漢盯著倪飛手中扁木盒。「我記得你的木孩兒更大些不是嗎？」

「這是舊版木孩兒，測試 5.4 版。」倪飛這麼說，跟著伸手拍拍胸前軍綠色側背包。「這是最新 7.2 版。」

「你不用新的？要用舊的？」

「新的要用來抓大狼，我想先測試一下 5.4 版威力。」倪飛這麼說，對著那扁木盒比畫施咒，跟著又取出一疊塑膠布——充氣三號。

他令充氣三號開始充氣，黏上針孔攝影機，並用香灰繩子，將木孩兒測試 5.4 版綁上充氣三號後背，跟著用手機試著操縱幾下，便令充氣三號鑽出混沌，自梯間站起，熱身般地做起體操。

狼婆嘶地一吼，現身在那大棚帆布裂口之後，瞪著一雙狼眼，惡狠狠地盯住充氣三號。

「你們這些怪東西……到底從哪裡來的？」狼婆跨出帆布裂口，緩緩走向梯間、走向充氣三號。

充氣三號繼續做著體操。

狼婆倏地竄來，一把扒爆充氣三號。

充氣三號爆裂的同時，倪飛綁在它身上幾枚煙霧彈也旋即炸開。

整個樓梯間瞬間被煙霧吞沒。

「吼──」狼婆厲聲咆哮，凶猛戾氣立時吹散那些廉價煙霧彈的迷魂煙。

但此時狼婆腦袋上，罩著一只方形木盒──正是那木孩兒測試5.4版。

「呀？」狼婆愕然咆哮，像是還不知道發生了什麼事般，方形木盒五個面竄出無數奇形怪狀的木枝，纏繞成一條條枝藤怪手，抓住狼婆四肢、攔抱她腰際、勒住她頸子。

下一刻，近半藤手被狼婆扯爛。

木盒繼續竄出新手壓制狼婆，又一一被扯爛。

「好吧……5.4版不夠強，完全不是狼婆對手。」倪飛在混沌裡，抱著膝，透過先前黏在階梯上的鏡頭，觀賞混沌外戰局，儘管此時木盒仍持續竄出藤手，但他心中似乎已經分出勝負。

他長長吁了口氣，切換手機監視畫面，將手機細臂鏡頭伸出混沌，在樓梯外探了探，跟著揹起背包，鑽出三角空間。

「等等笨蛋！你幹麻出來！你瘋了？」羅漢見倪飛直接出去，驚嚇怪叫，跟著才發現，外頭沒有狼婆，原來倪飛是從混沌回到陽世──剛剛細臂鏡頭，是伸出陽世探路，瞧瞧陽世梯間有無嘍囉鬼巡邏。

「嚇死我了……」羅漢不住喘氣，見倪飛從西側梯間出來後，不是上樓回房，而是自西側出口來到大街，便問：「你要去哪？」

「不知道，找個地方坐坐。」倪飛說：「想想接下來該怎麼辦，現在回去，碰上巡邏鬼巡房，還要假裝看不見，很煩。」

拾貳

晚上十一點三十分，姜洛熙躺在床上滑著手機，瀏覽網頁。

女鬼站在姜洛熙身旁，矮身將臉貼在姜洛熙臉旁，直勾勾盯著他。

半晌之後，女鬼這才抬起身，在房中飄來晃去，還來到窗邊，盯著鳳仔。

鳳仔抓著欄杆，搖頭晃腦，偶爾發出幾聲鳥鳴，偶爾說幾句「你好恭喜發財」，將真鸚鵡模仿得維妙維肖。

女鬼緩緩離去。

姜洛熙將手機切回通訊畫面，默默打字——

「她走了。」

「終於……她怎麼回事啊？今天怎麼來這麼多次？」

「應該是底下出事了。」

「出事？底下出什麼事？」

「不知道，我猜跟倪飛有關，從一小時前開始，外面那些鬼嘍囉的氣息變得很亂，到處亂竄，我猜倪飛在底下做了什麼、驚動那些鬼，那些鬼找不到他，所以上陽世來找。」

「哇，他直接在陰間四海新城跟那些鬼躲貓貓？這樣都找不到，好厲害。」

「韓大哥說他天生能自由進出陰陽兩界，還能隨手造出混沌——他躲在混沌裡，那些鬼確實找不到他。」

「好棒的能力，這次你有信心可以贏他嗎？」

「沒有——應該說，我從來沒有想過要贏他，我想的都是應該怎麼解決這件事。」

「你想到了嗎？」

「還沒，因為我打不贏那頭大狼。」

「你打不贏的話，倪飛應該也打不贏吧。」

「不知道啊，說不定他有辦法……那樣的話，我還能夠做些什麼呢？」

姜洛熙這麼說，突然坐起身，倚著牆繼續打字——

「我想到一個可以幫他的辦法。」

「你要幫他？」

「對啊。」

「為什麼？」

「因為這也是我的案件啊，我打不贏大狼，但如果倪飛可以，那我不是應該幫他嗎？如果我不幫他，那我來這邊幹嘛？」

「是沒錯啦，但是……你們兩個不是在比誰先解決這件事嗎？」

「我沒有跟他比，是他想跟我比，我來這裡要做的事情，就是『解決這件事』，幫他解決這件事，也是解決這件事。」

「好吧，那你想怎麼幫他？」

「我剛剛想到，如果我對陽世巡邏的鬼嘍囉出手，底下應該會知道，會派上更多鬼來對付我，那麼倪飛在底下行動時就更輕鬆……」

姜洛熙打字打到一半，突然跳出倪飛的通話邀約。

「等等，倪飛找我。」

□

速食店裡，倪飛喝著可樂，望著窗外夜街，聽姜洛熙接起電話，便說：「我剛剛也見到大狼了。」

「你能打贏大狼嗎？」

「當然不行啊。」倪飛說：「你還沒直接感受過那大狼的凶氣吧？那不是我們兩個能夠處理的東西，所以我覺得我們的目標，不應該放在大狼身上，而是放在狼婆身上——你知道她嗎？」

「狼婆？我還沒查到她。」

「那你今天一整天到底在忙啥？」

「我跑去蕭家建設，盯上一個叫曹安仁的人。」

「曹什麼仁？那是誰？」

姜洛熙說，曹安仁三年前，只是蕭家建設裡一名小員工，三天兩頭被主管和同事刁難霸凌，直到蕭老闆檢查出絕症後，主動去醫院探病，得到蕭老闆信任，升上老闆特別祕書，專門替老闆處理四海新城租屋中心一切瑣事。

「哇靠！這你怎麼查出來的？」倪飛有些不可置信。

「銀鈴懂得一種迷術……」姜洛熙說當時他們在蕭老闆辦公室搜出邪藥之後，花了點時間討論一番，跟著開鬼門讓銀鈴、陌青等前往陽世蕭家建設辦公室。

陌青和銀鈴二人一組，尋找那些「看起來知道不少」的員工，由銀鈴附在員工身中，施展迷魂術，令員工進入催眠狀態。

身中迷術的員工們，半夢半醒間，以為自己正與同事閒談八卦。

一旁的陌青拿著手機，將姜洛熙的提問轉告附在員工身中的銀鈴，再由銀鈴轉述給員工，最後讓員工打字回覆。

被問完話的員工，銀鈴會提醒他們刪去文書檔案或是手機紀錄，醒來之後，絲毫不記得剛剛發生了什麼、講過哪些八卦。

姜洛熙等花了一個下午的時間，前後問過十來名員工，加上彼此討論推理，總算拼湊出事情前因始末。

曹安仁擔任蕭老闆祕書之後，蕭老闆身體狀況漸漸好轉，體力回到過去盛年時期，又能像以前一樣夜夜笙歌了。

原來，曹安仁有個雙胞胎弟弟，叫作曹安義。

曹安義七歲時，因病過世，他的魂魄流落陰間，被一個陰間小幫派擄走，準備將他煉成「補品」，但那小幫派頭頭，看出曹安義天資不差，便將他吸納為手下。

這陰間小幫派，過去曾是陰間最大黑幫春花幫一個分支堂口，但在與其他堂口的鬥爭下戰敗，被逐出春花幫。

那小幫派頭頭多年來一直企圖東山再起，他們趁著當時第六天魔王興風作浪之際，決定孤注一擲，正式展開籌備多年的煉魔計畫。

曹安義找著在蕭家建設上班的曹安仁，托夢給他，稱自己明白哥哥這幾年在公司裡受到的委屈，說自己能幫助哥哥受老闆賞識，飛黃騰達。

「等等！」倪飛聽到這裡，更驚訝了，問：「這一段是誰跟你說的？怎麼連這個都問得到？」

「是曹安仁的老婆。」姜洛熙笑說：「曹安仁當上老闆心腹之後，把老婆也拉進蕭家建設，因為曹安仁一個人忙不過來，他需要幫手。」

「原來如此……」倪飛恍然大悟。「因為是老婆，所以知道這些……」

曹安仁按照弟弟指示，提著探病禮物前往蕭老闆病房探病。

蕭老闆吃下曹安仁送他的「神仙補品」，明顯感到體力充沛，病痛都消失了。

曹安仁也挺直接，提出自己認識一些「靈界朋友」，說他那些靈界朋友想與和蕭老闆合作，請蕭老闆放緩進行到一半的都更計畫，將四海新城當成基地，吸引更多人進來，幫助他的靈界朋友完成計畫，那些靈界朋友們也會定期提供「神仙補品」，讓蕭老闆延年益壽、老而彌堅。

蕭老闆欣然同意，他七十幾歲了，年輕時菸酒女色來者不拒，早知自己會面臨生老病死，如果真有神仙補品，可以讓他繼續硬朗玩樂到八十歲、九十歲、一百歲，即便要他付出幾十年來累積的一切身家，他也樂意，何況是暫停都更幾年、犧牲一些陽世活人性命這種對他而言不痛不癢的小事。

然而這陣子，蕭老闆對於神仙補品的需求越來越凶，每隔兩天就要服用一瓶，不然身子就會透出屍臭、體力也會不濟，這讓蕭老闆感到有些不滿，他向曹安仁大發脾氣，說自己毫不干涉他那些陰間朋友在自己的都更基地裡幹些什麼，甚至願意出力幫忙，但前提是神仙補品必須有效才行。

這幾日，蕭老闆約了一位覬覦多時的知名女模度假玩樂，不想失了顏面，要曹安仁想辦法向他那些陰間朋友，討要更多更有效、更厲害的神仙補品。

「你覺得狼婆就是那陰間幫派頭頭？所以我們只要打敗狼婆，就能瓦解他們整個組織。」

「應該是吧。」倪飛說：「狼婆在四海新城底下養狼，是為了奪回以前的地盤，現在那隻大狼還沒養好，還被關在鐵箱裡，我們應該先逮狼婆，再慢慢處理那隻大狼。」

「你剛剛說『我們』？」姜洛熙問：「你不是想自己一個人行動？」

「我剛剛仔細想過了，我一個人打不贏狼婆。」倪飛簡單提及剛剛他那木孩兒 5.4 測試版的測試結果，說他覺得即便動用最新版木孩兒，也未必能夠制伏狼婆，他須要姜洛熙幫忙。「如果對手是狼婆，我們應該可以動用完整七寶吧？」

「不確定，得看太子爺怎麼想。」

「如果可以的話，你跟我兩把火尖槍、兩雙風火輪、兩條混天綾，加上最新版木孩兒。」倪飛說：「沒理由打不贏狼婆。」

「戰場最好在陰間。」姜洛熙這麼說。

「對。」倪飛說：「陽世活人在陰間，戰鬥力會比較強。」

「但是她手下有點多，尤其其中三個……」姜洛熙說到一半，陡然閉口，切斷語音通話，隨即傳來一則訊息——

「女鬼又來巡房了，今晚她來第五次了。」

倪飛望著姜洛熙的訊息，也回傳一段訊息。

「應該是在找我……我先避避風頭，晚點才回去，明天再聊。」

□

翌日上午。

姜洛熙在便利商店買了早餐，來到中庭，找了處花圃坐下用餐。

他抬頭望向七樓，郭蕙像是剛起床，開窗抽菸，見到姜洛熙在中庭吃早餐，揚手和他打了招呼——韓杰替郭蕙施術封了眼，每晚看不見女鬼巡房，只能從群組訊息裡，得知女鬼昨晚不停在整棟樓裡來回巡房。

韓杰坐在西側早餐店裡吃著早餐，也見著姜洛熙，卻也沒表示什麼。

「請問……」一個白襯衫男人，帶著四、五個男人，來到韓杰身旁。微笑問：「你就是韓杰先生？」

「對。」韓杰嘴裡還塞著三明治，點頭問：「怎麼了嗎？」

白襯衫男人正是曹安仁，他堆著笑臉，向韓杰遞上一張名片，說：「是這樣的，我們蕭老闆想跟韓先生談筆生意，想請韓先生去他辦公室坐坐。」

「……」韓杰捏著那張名片端倪半晌，笑著說：「我知道你們老闆，他外號蕭老虎，本人比老虎還凶，還組織了一個老虎會，手下每個都很能打。」

韓杰這麼說的時候，還探頭瞧了瞧曹安仁身後幾個男人，個個身材剽悍、眼神凌厲。

「蕭老闆年輕時候的事，我是不太清楚啦……」曹安仁搓著手，笑咪咪地說：「那韓先生，可以跟我們走了嗎？」

「不能等我吃完嗎？」韓杰揚了揚手上三明治。

「啊，可以可以。」曹安仁笑著拉了把椅子，坐在韓杰面前，盯著他吃完手中三明治、蛋餅，和那杯柳橙汁，見韓杰起身結帳，這才領著幾個男人跟上。

「你們老闆在哪？」韓杰這麼問。

「他現在還在度假，晚點才回來，要我先請韓先生去他辦公室坐坐。」曹安仁這麼說。

「他想找我談什麼生意？」

「嗯……」曹安仁顧左右而言他。「這點一下子可能也說不清楚……我們先去蕭老闆辦公室，很近，就是前面那棟大樓。」

曹安仁領著幾個男人，將韓杰圍在中央，一路來到街邊，分別乘上兩輛車，駛向蕭家建設那棟大樓。

曹安仁坐在副駕駛座，望了望後照鏡中的韓杰，問：「韓先生應該是外地人吧，平常都忙些什麼？」

「不一定。」韓杰笑著說：「我在北部有間健身房，平常就健健身、打打拳、四處晃晃……看哪邊好玩，就去那邊玩。」

「很愜意呢。」曹安仁笑說：「那這次來到台中，玩什麼呢？」

「你老闆沒跟你說？」韓杰笑著反問。

「蕭老闆？他應該也不清楚吧……」

「不清楚？」韓杰笑更大聲了。「所以他不清楚我做什麼、玩什麼，就找我談生意，這麼有趣。」

「是啊……」曹安仁陪笑幾聲，不再多說什麼。

兩輛車駛入大樓停車場，曹安仁領著眾人下車，搭乘電梯，來到十八樓，抵達蕭家建設，來到蕭老闆辦公室。

蕭老闆人不在辦公室，而是在一位漂亮祕書手上那平板電腦螢幕裡現身。

「韓杰大師，久仰久仰——」蕭老闆不等韓杰坐下，立時朗笑開口。

螢幕裡的蕭老闆，滿頭白髮、身形削瘦，但精神抖擻，一手持著雪茄，坐在能看見泳池的奢華房間裡，與韓杰視訊通話。

韓杰來到會客沙發坐下，見女祕書捧著平板電腦來到他面前單膝蹲下，連忙要她起身，說平板擺桌上，替自己倒杯水就行了。

「你想跟我談什麼生意？」韓杰笑著問。

「是這樣子，韓大師……」蕭老闆說：「我打聽了你一些事，大概知道你為什麼來我四海新城……我是想請你高抬貴手，去忙別的事，別來插手我四海新城這裡的事情，你意下如何？」

蕭老闆剛說完，曹安仁立刻提著一只手提箱，放上韓杰桌前，揭開。

裡頭是滿滿的鈔票。

「我其實沒忙什麼。」韓杰微笑說：「我只是到處晃晃而已。」

「這樣好了……五天，只要五天！」蕭老闆比了個「五」，說：「我替你在台中找家最高級的飯店，供你住五天，這五天裡，你想去哪玩都行，就是別來我四海新城，五天之後，你可以繼續忙你的正事，怎麼樣？就五天——桌上這錢，就買你五天，還是你覺得不夠？想要更多，你可以開個價。」

「你這樣子，讓我有點為難啊……」韓杰起身，來到窗前，望著兩條街外的四海新城，苦笑轉身，回到座位對著平板電腦說：「你要我離開四海新城也可以，我其實最想和你本人見面聊聊，如何？你要回來？還是我過去找你？」

「呃……」蕭老闆倒是沒料到韓杰會提出這種要求，一時有些語塞，說：「可是我……現在有點忙呢。不然這樣好不好，你等我五天時間，我回去就立刻跟你碰面，當然——桌上那箱還是歸你，條件也不變，我找總統套房讓你住，你別接近四海新城。」

「我看這樣好了。」韓杰哈哈一笑，說：「不用找什麼五星飯店總統套房，我就在你辦公室等你，至於那箱東西，你先收好，等我們談過之後再說。」

「什麼……」蕭老闆有些詫異，問：「你要在我辦公室待五天？」

「不行嗎？」韓杰笑著說：「我看這裡環境也不差，這沙發躺起來很舒服吶，況且我待在你的地盤，你這批小老弟們做事也方便，不是嗎？」

「好像也是啊……」蕭老闆呆愣半晌，點點頭說：「雖然我不知道為什麼，但這樣我們確實也方便，好吧，你就待在我辦公室吧。不過不用睡沙發，辦公室裡有個房間，裡頭的床躺起來很舒服的，還是……你想要我祕書伺候你，儘管開口，她很棒的……」

「不用了。」韓杰笑著說：「但我一堆東西都還在四海新城，你能請人幫我把行李都整理過來給我嗎？」

「當然。」蕭老闆說：「安仁，你把韓杰大師行李整理帶來給他，小心點，別把人家東西弄丟了。」

「是。」曹安仁立即點頭。

「那韓大師，我不打擾你休息了，你隨意吧，餓了想吃什麼，儘管吩咐他們幫你準備。」蕭老闆笑著說。

「謝啦。」韓杰點點頭，結束和蕭老闆的視訊通話，起身伸了個懶腰，來到大窗前，望著四海新城。

□

「什麼！」

群組會議裡，姜洛熙、倪飛聽到韓杰離開四海新城，搬去蕭老闆辦公室，可十分驚訝。

「沒辦法，我很為難啊。」韓杰坐在蕭老闆辦公桌前，無奈說：「那傢伙帶了一群老虎會的人圍著我，我如果不答應他的要求，等於攤牌直接開幹了，要開幹不是不行，但我如果開幹，底下那些傢伙也會有反應，我不清楚你們兩個調查進度，沒辦法想攤牌就攤牌。」

「嗯……」姜洛熙說：「其實我跟倪飛決定今晚動手，但現在有一個問題。」

「什麼問題？」

「底下有隻大狼，跟恐龍一樣大的狼。」倪飛說：「那不是我跟姜洛熙現在有辦法對付的東西……我們準備今晚聯手打狼婆，但打贏狼婆，那隻大狼還是得有人處理，想來想去，只有韓大哥你出馬才行啊。」

韓杰攤攤手，說：「這得看太子爺意思啊，這是他出給你們的考題——不過既然你們已經計畫好了，就放手去幹吧，就算你們真打不贏大狼，也不用擔心會被大狼咬死，你們懂我意思嗎？」

「也是啦。」倪飛攤攤手：「太子爺怎麼會讓他親自挑選的乩身被大狼咬死。」

「不過你們確定今晚就要行動？」韓杰問：「不多準備幾天？」

「我覺得快點行動比較好……」姜洛熙說：「剛剛管理室有人拿著你的照片，敲門問每個住戶認不認識你，他們可能知道這裡不只你一個乩身。」

「我也被問了。」倪飛說：「我不想給他們更多時間準備，今晚就動手。」

「好。」韓杰點點頭。「看你們的了。」

拾參

晚上十點三十分。

姜洛熙洗完澡，坐在床沿滑手機。

和前兩日不同的是，今晚他洗完澡，卻沒換上寬鬆舒適的居家服裝，而是換上乾淨的外出衣褲，連襪子都穿在腳上。

窗戶半敞，鳳仔站在欄杆上搖頭晃腦，反覆說著幾個單調詞彙。

女鬼在姜洛熙床邊地板探出頭來，緩緩上浮，和前兩日一樣，慢慢彎腰探頭，聞嗅姜洛熙脖頸。

「妳每天晚上這樣偷聞漂亮男孩脖子，不害臊嗎？」

銀鈴笑吟吟地在女鬼身後現身，雙手往前一攬，一手勒住女鬼脖子、一手摀住她嘴巴。

女鬼猛然一驚，反手要扒抓銀鈴，卻讓阿給和螽叔一左一右抓住雙手。

姜洛熙捏出金磚粉筆，在女鬼額上畫下一道伏魔咒。

女鬼雙眼圓瞪，不住掙扎間被三鬼奴聯手拉進四靈陰牌裡。

「我抓到女鬼了，開始行動。」姜洛熙用手機通知倪飛，然後掀起枕頭，只見壓在枕頭下那全張尪仔標上，混天綾、風火輪、金磚三寶空洞處，猶自結著薄薄紙絲，尚未凝聚出新尪仔標，但另外四寶邊緣，正緩緩燒出拆痕。

這表示上頭允許他今晚使用其餘四寶。

他拆下四寶，奔到玄關，急急穿鞋。

陌青自床上四靈陰牌裡躍出，捏著一管針劑注入胳臂，擬化出人身，拿起四靈陰牌往頸上一掛，跟著向弦月招招手。

弦月輕盈躍下櫃子，來到陌青身旁，尾巴輕輕拂動。

「鳳仔。」陌青向窗戶喚了一聲。「要行動了，你還發呆？」

「小姐妳叫我？啊！妳是陌青！陌青叫鳳仔！」鳳仔嘰嘰嘎嘎半晌，像是恢復記憶般，飛到陌青身前，振翅鳴叫：「要行動了？洛熙要行動了？鳳仔怎麼覺得好像作了很長的夢一樣？我睡了多久？」

「陌青，陽世就交給妳了。」姜洛熙穿好鞋子，捏出香灰，在門上畫下一道鬼門咒，揭開門，不忘回頭向鳳仔說：「你要保護陌青，知道嗎？」

鳳仔還沒回答，姜洛熙已經奔出廊道，磅地一聲關上門，門內那鬼門符旋即消失。

「啊！」鳳仔還搞不清楚狀況，驚慌亂叫：「怎麼了？為什麼要我保護陌青，那洛熙呢？洛熙去哪裡？」

「洛熙去陰間幫倪飛對付狼婆。」陌青來到門前做了幾下伸展暖身動作，拍拍臉，像是對自己加油打氣，然後開門。

羅漢飛在門外，埋怨說：「你們好慢啊！」

「羅漢也來了？」鳳仔問：「我們現在要做什麼？」

「要出發抓鬼。」陌青這麼說，領著弦月走出房。

「什麼！」鳳仔驚呼一聲，急忙追去。「陌青你要抓鬼？那鳳仔呢？鳳仔要幹嘛？」

「洛熙剛剛不是說了，你要保護我呀。」

□

蕭家建設辦公室裡，韓杰雙腳大剌剌擱在蕭老闆辦公桌上，扭頭看著桌旁大窗外燦爛夜景，不時瞧瞧那佇在窗邊望天的小文。

小文叫了一聲，振翅飛起，來到辦公桌前，咬起一張便條紙。

細細的火紋自小文鳥喙四處燒開，凝聚成字，一枚接著一枚，十餘秒後，燒出短短一行字——

兩個小子開始行動了，你也出發待命吧。

「好。」韓杰起身將便條紙捏揉成團，扔進垃圾桶，跟著起身提起行李箱往外走。

他剛推開門，外頭幾個把風男人立時全望向他。

「你要去哪？」一個男人擋在韓杰前頭。

「四海新城。」韓杰微笑說。

「什麼？」幾個男人大吃一驚，嚷嚷說：「你不是答應要等蕭老闆？」「你不能去那裡。」

「我只是說想見他，沒說不去四海新城，所以那箱錢我也沒拿啊。」韓杰這麼說：「等我忙完了，會再回來找他。」

韓杰說完，見那男人還攔在他前頭，也不客氣，伸手將男人撥開。

「幹咧——」男人們吆喝一聲，紛紛圍向韓杰。

小文淩空竄來，猶如一枚飛天棒球，磅地砸在一個攔路男人鼻子上。

韓杰順勢一腳踹上那男人心窩，將男人重重踹倒在地。

「喝！」其餘男人紛紛揚起拳頭撲向韓杰，小文飛梭開路，像是彈珠台裡的珠子般，這兒撞一下眼睛、那兒撞一下鼻子，不時飛梭下撩衝撞生殖器。

韓杰托著行李往前走，拐肘、頂膝、掄拳、蹬腿，將那些摀著眼睛鼻子或是褲襠哀嚎的男人們一一摺倒在地。

聚在前方會議室待命的老虎會成員們聽見騷動，紛紛擁出，有些手上還抄著傢伙。

「人還不少啊。」韓杰掏出尪仔標往地上一拋，讓雙腳附上風火輪，一腳緩緩在地上磨蹭，像是一頭準備蓄力暴衝的野牛。

□

陌青領著弦月，登上四海新城頂樓，托著鳳仔和羅漢，哼著歌輕盈小跑，不時繞個圈圈，來到北側圍牆邊。

小男孩——曹安義站在圍牆上，身後還跟著三個嘍囉鬼，他聽見陌青的歌聲，回頭望她。

陌青彷彿看不見曹安義，邊唱邊走邊繞圈，來到曹安義身旁，探頭往牆下望，笑著說：「晚上的風好涼好好聞喔。」

羅漢和鳳仔一齊仰頭附和：「好涼！好涼！」「好好聞！」

曹安義稍稍皺眉，像是察覺陌青身上氣息有些異樣——陌青那擬人針是小歸寶來屋集團最新科技，能極其逼真地散發活人陽氣，但四海新城住戶長期飲用摻了陰間壯陽藥的水，因此四海新城住戶身上的陽氣，和其他陽世活人的陽氣，又稍稍略有不同。

「這人是……外頭進來的？」曹安義狐疑聞嗅著陌青身子。「是今天新來的租客？還是住戶朋友來訪？」

陌青轉頭盯著曹安義雙眼，微笑說：「都不是喔。」

「啊？」曹安義還沒反應過來，被突然現身的阿給一拳擊倒在地。

「怎麼回事？」三個嘍囉愕然大驚，也被突然現身的螽叔和銀鈴施術撂倒。

「你們是誰？」曹安義驚慌大叫。「你們想幹嘛？」

「我們是太子爺乩身座前護法。」阿給揪著曹安義，往他頭上臉上連貼數張符。「奉命來將你們這些陰間惡棍一網打盡。」

「什麼……」曹安義驚恐嚷嚷。「太子爺乩身不是已經走了嗎？」

昨夜騷動之後，作為狼婆陣營頭號軍師的曹安義，研判或許是神明乩身出手干預，因此通知曹安仁整理租客資料，燒下陰間讓他們過目。

韓杰用真名租屋，自然被曹安義等一眼認出——陰間黑道當中十之八九都知道韓杰這號人物，因此趕忙通知曹安仁和蕭老闆，要他們想辦法趕走韓杰，別讓他壞事。

曹安義對曹安仁說，狼婆計畫已經接近尾聲，三、五天內就能成功，屆時狼婆會低調離開，蕭老闆可以繼續進行他那都更計畫，且會得到一輩子也用不完的神仙補品，但倘若計畫失敗，狼婆和蕭老闆的契約自動結束，沒了神仙補品的蕭老闆，就自己看著辦吧。

「太子爺乩身有好幾個。」鳳仔和羅漢在曹安義臉上盤旋，嘻嘻笑著說：「你在說哪個？」

「刀疤強！」曹安義拉高分貝大叫：「救我——」

「吵死了，乖乖束手就擒吧。」阿給這麼說，將曹安義拉進四靈陰牌。

叁叔和銀鈴也先後將三個嘍囉拉入四靈陰牌。

不一會兒，中庭那平頭男鬼刀疤強，已經站在圍牆上，目露凶光地瞪著陌青。

陌青立時轉身，往頂樓出入口逃跑。

刀疤強仰頭呼嘯，分散在四海新城各處巡邏的嘍囉鬼，聽見刀疤強嘯聲，紛紛疾飛而來。

兩隻嘍囉鬼自頂樓出入口殺出，攔阻迎面奔來的陌青和三鬼。

卻見陌青身子陡然消散，與三鬼奴一齊消失無蹤——原來陌青邊跑邊喝藥解除擬人狀態，隨著三鬼奴一齊躲回四靈陰牌。

鳳仔倏地掠下，抓住四靈陰牌繫繩，和羅漢自空中掠過兩鬼頭頂，弦月則從地板竄過兩鬼腿間，繞進頂樓出入口。

「去追那隻貓跟兩隻鳥──」刀疤強一聲令下，指揮嘍囉鬼追殺弦月和二鳥。

九樓廊道一個返家住戶，被竄過身邊的弦月和二鳥嚇了一大跳，只覺得奇怪哪來的貓和鳥，但他不知道的是，一貓二鳥身後，還追著大批惡鬼。

前方，又有數隻鬼嘍囉穿牆出來攔路。

但這批攔路鬼嘍囉，轉眼就被殺出四靈陰牌的阿給、銀鈴和螽叔飛快撂倒──其中一隻鬼，還被阿給甩出的麻繩圈套住頸子。

三鬼奴猛襲得逞，立刻退回四靈陰牌，還收繩將那被套著頸子的鬼嘍囉拉進陰牌。

弦月從九樓北側梯間奔到東側梯間，來到八樓，一路又奔至西側梯間，奔下七樓，一次又一次突破惡鬼攔路防線，三鬼奴逮到機會，就將鬼嘍囉擄進四靈陰牌五花大綁。

弦月奔至一樓，奔入地下停車場，左繞右拐奔至停車場內一處死角。

十餘隻嘍囉鬼獰笑圍上來，弦月見前無去路，也不再後退，而是搖搖尾巴，轉身朝著四面圍來的嘍囉鬼走去。

鳳仔抓著四靈陰牌，和羅漢飛在停車場死角空中，只見弦月背後隱隱飄起一襲金光。

下一刻，兩鳥驚駭轉身，刀疤強在他們身後死角穿牆現身，伸手就要搶四靈陰牌。

三鬼奴一齊殺出，銀鈴和阿給分別扣住刀疤強左右手，螽叔捏指結印，往刀疤強額頭一點。

刀疤強猛地一記頭錘，將螽叔二指撞歪，跟著全身凶氣噴發，將銀鈴壓得緩緩跪地，阿給也被壓成了蹲姿。

「原來這傢伙這麼厲害——」阿給嚷嚷怪叫，刀疤強雙手雙眼和嘴唇都變得漆黑一片，那漆黑甚至自雙手染上銀鈴和阿給的手，像是毒蟲般爬向兩鬼身上。

螽叔來到刀疤強身前，卻不是攻擊，而是一手招出黃銅道鈴輕搖，一手捻指結印，開始吟喃唸咒，身旁阿給和銀鈴也跟著一齊唸咒。

下一刻，一隻染血左手，自後掐住了刀疤強的後頸，又一隻染血右手，自刀疤強胸口緩緩破出——這兩隻手，來自四靈陰牌裡第四名鬼奴、那個大部分時間都在陰牌古宅地下囚室黑棺裡沉沉睡著的至惡邪靈。

刀疤強雙手墨黑褪散，眼瞳恢復先前模樣，一時想不透身後那個遍體通紅、比自己更凶數倍的傢伙究竟從何而來。

他只是茫然盯著前方、盯著三鬼奴身後不遠處那隻身披金色披風的銀灰色虎斑貓，眼睛耀著青黃光芒，動作快絕如電，一雙爪子左抓右扒，將十餘隻隨行鬼嘍囉們殺得肢殘體缺、潰不成軍。

「急急如律令——」三鬼奴同時施咒，舉出三把殷紅的符光桃木劍，一齊刺入刀疤強胸腹。「滅！」

□

「怎麼回事？陽世出事了？」

狼婆在陰間中庭大棚裡，聽嘍囉報告陽世騷亂，氣急敗壞地領著幾個嘍囉走出大棚，轉往西側梯間喃唸咒語。

西側梯間樓梯口，緩緩現出一個長形破口，正是狼婆等平時出入陽世的鬼門。

但狼婆還沒踏進鬼門，陡然驚怒回頭，瞪著東側九樓那扇亮晃晃的窗。

窗內站著一人，正是姜洛熙，姜洛熙雙腳外側附著風火輪，雙臂纏著混天綾，他撤去隱匿靈氣的咒術，還令混天綾燃燒旺盛，刻意挑釁狼婆。

「不管你是神是鬼……都別想來礙事！」狼婆面目猙獰，轉身奔出西側梯間，躍上大棚頂，飛奔兩步高高躍上三樓壁面，橫著身子踩著牆，往姜洛熙飛奔而去。

姜洛熙見狼婆殺來，趕緊退出這間空房，退入九樓東側廊道。

狼婆追入九樓東側廊道，像隻惡狼般伏在地上，惡狠狠地瞪著前方的姜洛熙，後足猛地聚力，就要發動撲擊。

姜洛熙搶先揚手施咒，整條廊道剎時金光閃耀，四道大伏魔咒在地板、天花板和兩側牆面飛快鋪開。

「吼——」狼婆渾身燃冒金煙，凶猛撲向姜洛熙，卻被四面落下的符籙金字砸壓在地。

姜洛熙見這事先畫下的伏魔陣有效，想要趁勝追擊，捏著金磚粉筆上前想在狼婆額頭上畫咒，卻被狼婆一把搆著腳踝，掀倒在地。

姜洛熙剛站穩身子，便見狼婆掙開幾枚符籙金字，對著他腦袋狠狠甩來一巴掌。

啪——姜洛熙被這巴掌重重搧倒在地，天旋地轉之際，又被狼婆揪著頭髮拎了起來，連忙張嘴一吐，將藏在口中的尪仔標吐向狼婆。

狼婆撇頭閃過尪仔標，但尪仔標在狼婆腦後炸出金光，化為豹皮囊，倏地罩住狼婆腦袋。

「嘎——」狼婆咆哮一聲，將姜洛熙重重擲砸在牆上，雙手揪著罩住她腦袋的豹皮囊又扒又扯。

姜洛熙摔落在地，摀著側腹掙扎站起，踩著風火輪退開老遠，嚇出一身冷汗，知道剛剛這短暫交戰倘若發生在陽世，狼婆那記巴掌說不定要打暈甚至打斷他頸骨了，即便第一下沒暈，後續那記砸牆，也會將他肋骨砸斷數根，此時他是因為陽世肉身在陰間堅韌無比，才未受重傷。

狼婆腦袋上的豹皮囊漸漸被狼婆一雙利爪狠狠扯開。

狼婆臉上有一道道齒痕，豹皮囊內側，同樣也滿是齒痕。

原來豹皮囊試圖啃噬狼婆，狼婆也反咬豹皮囊。

狼婆贏了，她將豹皮囊扯得四分五裂，全塞進嘴裡，猙獰大嚼，嚥下肚去，繼續追殺姜洛熙。

姜洛熙奔至北側廊道梯間，奔下六樓，轉進西側廊道。

狼婆一路追至六樓西側廊道，只見姜洛熙站在西側廊道盡頭，不住喘氣，手中燃著一團金火，金火化為一柄火尖槍。

「臭……小子……」狼婆抹抹嘴、扭扭狼鼻，大步走向姜洛熙。

廊道內再次金光閃耀，又是一處大伏魔陣。

狼婆有了前次經驗，一面揮爪擊落四面砸來的符籙金字，一面獰笑衝向姜洛熙，但見姜洛熙退進廊道末最後一間房，立時也興奮追入。

房裡，仍是一條廊道。

「喝？」狼婆有些困惑，一下想不透這四海新城建築格局，為何有些超乎自己想像，她沒來得及想太多，見姜洛熙仍站在廊道末端舉槍做勢要刺她，立時又氣得七竅生煙，暴怒追上。

姜洛熙再次退進房裡。

狼婆又追進房。

又是一條廊道。

姜洛熙依舊站在廊道末端，耍弄手上那柄火尖槍。

「怎麼回事？」狼婆愕然困惑，又要去追姜洛熙，突然眼前一片漆黑，一點光也瞧不見，到了伸手不見五指的地步，可氣得直跳腳：「怎麼看不見了？臭小子！你到底玩什麼把戲。」

狼婆正困惑間，隱隱聽見前方響起一陣細碎交談聲。

「快戴上這個。」

「這是什麼？」

「戴上你就知道了……」

「喔！是夜視鏡！」

「噓，別說話，她聽得見……」

「臭小子！出來——」狼婆暴躁朝那聲音竄去，磅地撞上牆，儘管將那堵牆撞得微微崩裂，但自己也摔得不輕，摀著鼻子撐身站起，跳叫大罵半晌，一面喘氣，一面睜大眼睛努力看著四周——周圍依舊沒有一絲光線。

這古怪廊道空間，是倪飛造出的混沌空間。

倪飛的計畫，就是讓姜洛熙將狼婆引入混沌後，先將火尖槍、混天綾、風火輪藏進四周櫃裡，然後關閉混沌內光源，自個兒和姜洛熙與戴上陰間夜視鏡，仗著四隻眼睛打一個瞎子。

「嘶、嘶嘶——」狼婆緩緩摸找，口鼻不停扭動，突然轉頭盯著十來公尺外那戴著夜視鏡的倪飛，猛然拔步朝倪飛方向衝去——但下一刻，又撞在牆上。

倪飛這混沌空間，約莫百坪大小，其中廊道和住宅混雜，有牆有窗有門，甚至有櫥櫃家具，因此瞧不見東西的狼婆，倘若隨意橫衝直撞，便會撞上各種阻礙物。

倪飛緩緩繞遠。

狼婆掙扎起身，張望半晌，又盯上倪飛，再次撲去，再次撞倒一面大櫃。

「她看得見？」姜洛熙遠遠見到狼婆似乎知道兩人位置，不禁有些驚愕——他進入混沌空間後，便再次對自己身上施下隱匿氣息的法術。

「不，她用聞的。」倪飛這麼說，跟著嘿嘿一笑，舉起一只玻璃小瓶，趁著狼婆三度撲來，再被雜物絆倒之際，將玻璃瓶朝她腦袋重重扔去。

啪——玻璃瓶炸碎，飛煙四溢。

倪飛第一時間戴上特殊口罩覆住口鼻。

姜洛熙站得較遠，一時不知發生麼事，只能透過夜視鏡，隱隱見到狼婆被一股煙霧籠罩，東張西望、原地繞圈，像是突然迷失方向一般。

但隨著那煙霧散開，姜洛熙先是聞到一股異臭，跟著那異臭逐漸濃烈，這才知道倪飛扔那瓶子，目的是干擾狼婆嗅覺。

「唔……」姜洛熙掩住口鼻，退得更遠，但想想不對，又回到原來崗位上——他身後有座大衣櫃。

按照事前擬定的作戰計畫，他得守在這座衣櫃前方，等待時機。

「嘔……」姜洛熙強忍惡臭，瞪著倪飛，只見倪飛戴著特製口罩，不時向狼婆扔擲各種道具，惹得狼婆憤怒咆哮，將狼婆引向另座大櫃。

「嘔！」姜洛熙突然反胃一嘔。

狼婆猛地回頭，朝著姜洛熙位置暴怒撲去，轟地撞上一堵牆。

「你幹麻出聲吶？我都快成功了耶！」倪飛大罵。

「你為什麼嘔……沒說你要出這招？嘔……」姜洛熙難得表現出惱火，想回罵些什麼，但他張口才說幾句，吸著惡臭，立時反胃乾嘔。「嘔——」

狼婆爆吼一衝，一口氣撞破兩堵牆，全身戾氣爆發，竄到姜洛熙面前。

姜洛熙本能撲倒，狼婆轟隆撞進那大衣櫃。

姜洛熙翻身施咒，破碎衣櫃頓時金光閃耀，狼婆咆哮蹦起，身上閃動起陣陣金光。

姜洛熙感到眼前光芒刺眼，連忙摘下夜視鏡，只見狼婆左臂和軀體，箍著一只黃金圈圈——乾坤圈。

剛剛姜洛熙按照事先擬定的計畫，將變化得如同呼拉圈一般大的乾坤圈藏在混沌衣櫃裡，誘狼婆撞進衣櫃，彷如逆向套圈圈般，讓乾坤圈套上狼婆，再施咒緊縮，當真成功將狼婆身子與左臂一同箍住。

「成功嘔——」姜洛熙激動之餘，吸氣太深，又捧腹乾嘔起來。「嘔——」

「吼！」狼婆狂揮右臂暴跳如雷，此時混沌之中，雖然亮起乾坤圈金光，但這金光神力，卻刺得狼婆眼睛發疼，使得狼婆仍然難以視物。

姜洛熙一面乾嘔，狼狽奔到身後另一座大櫃前，揭開櫃門，取出混天綾、火尖槍和風火輪，準備展開第二階段攻勢。

那頭，倪飛同樣也摘了夜視鏡，喚出火尖槍、踩上風火輪、披上混天綾，挺著火尖槍敲擊身後那座大衣櫃，對著狼婆嚷嚷：「死老太婆，過來單挑啊，老子笑妳不敢——」

狼婆暴怒之餘，豎起耳朵聽清倪飛位置，嘶吼朝倪飛衝去。

倪飛站在櫃前，搖搖晃晃，見狼婆迎面衝來，轉身要閃，卻沒來得及閃開，被狼婆撲抱撞進衣櫃。

「哇！你怎麼不閃嘔、嘔……」姜洛熙提著火尖槍愕然追去，不時被四周惡臭熏得連連乾嘔。

狼婆騎跨在倪飛身上，舉著右臂，瘋狂扒打倪飛腦袋。

倪飛用混天綾裹著胳臂，死命護頭防守。

四周震動扭曲起來。

姜洛熙挺著火尖槍，直直朝狼婆後背插去。

狼婆高高一躍，避開這槍，倒掛在天花板上，她右腕上鎖著一只金鐲，金鐲垂下一條火紅長巾——正是倪飛藏在衣櫃裡的乾坤圈和混天綾。

剛剛他抱頭捱了狼婆十餘下巴掌，也逮著機會令乾坤圈箍住狼婆右腕。

「你怎麼了？嘔……」姜洛熙拉起倪飛，藉風火輪之力向後躍開老遠，避開狼婆居高一撲。

「我只是有點累……」倪飛像是有些透不過氣，摘下特製口罩，深深一呼吸，也乾嘔起來。「好臭！嘔！我忘了……」

狼婆再次殺來，姜倪二人各自挺起火尖槍，一左一右刺擊，屢次逼開狼婆攻勢。

四周震動更加強烈，牆面出現裂痕，家具崩塌粉碎，倪飛大叫一聲：「我撐不住了！」

「什麼？」姜洛熙愕然一驚，突然感到四周天旋地轉，連忙站穩身子，驚覺自己身處一處空屋客廳，這才驚覺自己從混沌空間返回陰間四海新城。

磅啷——姜洛熙聽見隔壁房發出吼聲和撞擊聲，連忙提著火尖槍趕去，只見倪飛挺著火尖槍苦戰狼婆，見姜洛熙過來，苦笑說：「不好意思，有點貪心，把混沌造太大了，沒力控制了……」

倪飛說到這裡，突然瞪向狼婆，揚手一指，纏在狼婆右腕乾坤圈上的混天綾倏地伸長，繞上倪飛雙臂。

倪飛雙臂一齊施力，緊緊扯住狼婆右臂，得意大笑：「死老太婆妳現在兩隻手都……」

倪飛還沒說完，被狼婆猛地揮臂一甩，整個人飛騰起來，轟隆給砸出窗外——他本想用混天綾絆住狼婆右手，但力氣不夠，反被狼婆重重扔出窗外，自六樓摔下，轟隆摔穿棚頂，砸在一堆鐵籠之中，還嚇得幾隻活豬嚎叫連連。

倪飛狼狽站起，只覺得全身疼痛難當，一下子難以站穩。

轟隆一聲，一個大影摔在他身邊。

原來是姜洛熙也被狼婆從六樓扔下。

再次轟隆巨響，狼婆落在兩人面前，緩緩走向兩人。

姜倪兩人挺著火尖槍後退幾步，倪飛突然施令狼婆右腕那混天綾飛梭纏繞，將狼婆腰際牢牢裹住，然後另一端繼續伸長，竄回倪飛臂上。

「這下她真的兩隻手都不能用了！」倪飛歡呼一聲，挺槍就要往前，卻見狼婆身子劇烈震動，一身灰袍膨漲繃裂，體膚生出褐色粗毛，瘦弱雙腿飛快鼓脹，體型足足長大一倍，從個一百三十幾公分的矮小婆婆，變成兩百幾十公分高的粗野惡獸。

同時，狼婆雙肩唰地竄開四條粗壯臂膀，四手指甲又尖又長，彷如二十支匕首。

「天啊！她還會變身……」「有完沒完啊！」兩人哀嚎一聲，硬著頭皮，挺槍往前插去。

狼婆張開雙手，直直迎向火尖槍，任由兩柄火尖槍穿過手掌，緊緊一握，將兩柄火尖槍牢牢抓住。

「喝！」姜倪二人沒料到狼婆會用這種打法，嚇得不輕，狼婆揮臂一甩，姜洛熙槍柄抓得較牢，沒給甩開，倪飛剛剛造出混沌，體力不濟，被甩上半空，重重落在數公尺外。

狼婆脅下左手不停撈抓姜洛熙，姜洛熙一轉火尖槍，令火尖槍上三昧真火唰地燒開，燒上狼婆全身，但下一刻，烈火瞬間被狼婆身上的戾氣吹散。

纏著狼婆身子那混天綾另一端，捲著軍綠色書包倏地拍來狼婆臉上。書包瞬間撐裂，扁木盒唰地張開，數面木片牢牢包住狼婆腦袋。

「木孩兒 7.2 版，靠你了——」倪飛癱躺在地上，舉臂揮掃劍指。

狼婆腦袋裏上一只比昨晚更大一號的方形木盒，四面結出木枝手臂，抓住狼婆四臂。

「這又是什麼東西？」狼婆被最新版木孩兒罩著腦袋扣著四手，驚怒掙扎，一時卻難以掙脫木手抓握。

姜洛熙放開火尖槍，掏出半截金磚粉筆，連同一張尪仔標，一齊緊握手中，對準狼婆鼓脹肚腹，狠狠一拳擊去。

姜洛熙這拳指縫間金光流溢，在拳前凝結出一柄金光閃閃的尖銳匕首，後頭拖著數條烈火——九龍神火罩。

九條火龍裹上姜洛熙右拳往前飛衝，彷彿替他這記右拳裝上噴射火箭，一拳將狼婆打彎了腰，也將那金磚粉筆化成的黃金匕首，打進狼婆腹部。

「嘎吼——」狼婆發出慘號，彎身摀腹，卻阻不了九條火龍循著黃金匕首刺出的破口，一鼓作氣鑽入狼婆腹腔。

姜洛熙不給狼婆喘息機會，揮手凌空比劃，隔空令黃金匕首在狼婆肚子裡畫出一道大伏魔咒。

伏魔金咒和九條火龍在狼婆身中四面突竄，烈火轉眼包裹上狼婆全身。

狼婆顫抖後退、胡亂掙扎，四手一會兒努力推撐罩著她腦袋的木孩兒，一會兒摳挖自己鼓脹肚子，但她推不開木孩兒也挖不出火龍，力氣漸漸耗盡，撲通跪下。

「哇靠！你那拳是怎麼打的？」倪飛撐身坐地，見姜洛熙突然打出這記驚天一拳，轉眼將他木孩兒的鋒頭蓋了過去，不禁也微微佩服，飛快回想姜洛熙施咒過程。「好像是金磚加九龍神火罩……」他邊想邊站起身，也掏出自己那片九龍神火罩，但見狼婆跪地垂頭，似乎已經敗北，自己再出招，似乎有些多餘。

一條火龍咬破狼婆咽喉，向外竄出。

方盒嘩啦落下，竟是木孩兒將狼婆整個腦袋都咬了下來。

倪飛上前幾步，想去檢視木孩兒狀況，突然聽見木孩兒盒裡傳出狼婆咆哮，嚇得又退開老遠。

「百頭狼、百頭狼……剩下來就交給你啦……去吧，去陽世大開殺戒……吃得越飽越好……吃飽之後，記得回陰間幫狼婆吞了竇老仙、幫狼婆報仇雪恨……」

狼婆這段話後，還接著一段奇異咒語。

狼婆的吟咒聲漸漸耗弱，但中庭大坑鐵箱裡透出的窮凶戾氣卻直線上升。

蓋在鐵箱柵欄門上的紅布燃燒成飛灰，柵欄鐵門上的方鎖喀啦揭開。

陰間四海新城東北西側樓梯口外，同時浮現出鬼門。

拾肆

「什麼？百頭狼？」

四靈陰牌裡，螽叔、銀鈴和阿給，圍著那被五花大綁的曹安義，軟硬兼施地要他將事情全盤托出。

曹安義說，狼婆和陰間春花幫的竇老仙有血海深仇，當年兩邊堂口鬥爭漸烈，竇老仙出了陰招，仗著自己多年前即已絕子絕孫這點優勢，將狼婆陽世親友後人一一擄下陰間，虐殺之後煉成殘暴凶靈，用狼婆的子孫去打狼婆，將狼婆勢力殺得兵敗如山倒。

最終狼婆堂口瓦解，還被幫中長老聯名逐出春花幫。

狼婆四處流亡，慢慢招募新手下，花費多年計畫報仇。

四海新城中庭坑中那頭大狼，是狼婆用豢養多年的愛狼和幾名殘存子孫的魂魄為主體，融入數十年來四處蒐集而來的各種動物靈，苦心修煉出來的凶靈集合體——百頭狼。

那些融入百頭狼的動物靈們，經過異術長時間修煉，會化為狼形、養出狼性，可以單獨行動，也能作為巨獸型態時的一部分，因此這百頭狼，可以視為「生著一百顆頭的狼」，也能視為「一百頭狼」。

這百頭狼雖稱「百頭」，但實際上整個凶靈集合體裡的狼形惡魂，高達數千之多。

四海新城則是狼婆數十年復仇旅程中的最後一站。

狼婆與蕭老闆勾結，用陽氣餵養住戶後再獵其人魂，煉製人魂藥材，滋補百頭狼中幾名殘破不堪的子孫魂魄，喚醒他們被封印的記憶，讓他們想起當年竇老仙怎麼折磨他們，幫他們鎖定復仇目標，同時，也讓那些動物靈品嚐人魂滋味，訓練他們狩獵。

百頭狼出關的第一件事，就是前往陽世，屠殺四海新城，吞噬所有住民魂魄，然後在引發陰陽兩界巨大騷動的情況下返回陰間，對竇老仙的據點發動突襲。

屆時百頭狼若能生吞竇老仙，就算狼婆計畫成功。

但即便百頭狼沒能找著那狡猾如鼠的竇老仙，且在地府陰差和神明使者圍攻下敗亡，那麼藏在百頭狼身中的一個包裹，就會自動施術，將藏於其中的煉魔經過、邪法出處，以及竇老仙勾結地府多年犯罪事證，一併呈上天庭。

這百頭狼獨特修煉方法，正是竇老仙研發出的拿手絕活。

自然，陰間終年黑暗，竇老仙研發邪術、勾結地府、幹盡壞事，都不見得能夠引起天庭注意，但倘若他的邪術導致陽世千人屠殺，那竇老仙無論如何也脫不了身了。

四海新城就是狼婆復仇計畫裡最後一道保險。

殺不了竇老仙，也要將他弄垮。

「哇……」三鬼奴和陌青，聽曹安義說到這裡，都不敢置信。「還好我們及時阻止，要是真讓你們搞成功了，那還得了……」

鳳仔和羅漢的尖叫，自四靈陰牌外尖銳響起。

「不好啦不好啦——」

「太子爺有令，立刻前往東北西三側出口死守，嚴防凶靈入侵陽世！」

□

四海新城西側七二六號房，郭蕙洗完澡，窩在客廳追劇喝啤酒。

伏在高櫃頂上的將軍，突然一躍而下，來到玄關，回頭朝著郭蕙連叫數聲。

郭蕙正覺得奇怪，卻見本來擠成一團酣睡的六隻小貓，紛紛走出貓窩，排成一列，豎著尾巴，精神抖擻地朝將軍走去。

先前一直不讓小貓接近將軍的母貓，此時一反常態地沒有阻止，只是靜靜站著，目送小貓離去。

「喵——」將軍朝著郭蕙烈吼一聲，像是在催促郭蕙。

「怎麼了？」郭蕙連忙起身，走向玄關，不解地問：「你要我幫你開門？你要出去？外面發生什麼事？」

郭蕙還沒說完，口袋裡那黃金尪仔標緩緩飛出，懸在門前手把前方緩緩飄動。

郭蕙趕緊開了門。

將軍領著六隻小貓踏出門外，黃金尪仔標也隨之飛出。

郭蕙被韓杰封了眼，因此她看不到此時將軍和六隻小貓背後，都飄起了金色披風。

□

陰間高樓頂上，韓杰踩著圍牆，雙眼金光閃閃。

剛剛他在蕭家建設辦公室裡，一路打進逃生梯間，身後沿途躺倒遍地老虎會幫眾。

他走上頂樓，畫了道鬼門符，推門進入陰間，撥了通電話給小歸提供的支援小組，報上當前位置，要支援小組過來帶走他行李和小文。

他一躍站上圍牆，盯著前方四海新城，默默待命，直到見倪飛和姜洛熙相繼被狼婆扔下樓，忍不住捏出尪仔標，像是在等待太子爺出戰號令。

但太子爺並未令他出戰，而是直接降駕他身中。

「兩個小子花招百出，挺有趣的，可惜你看不著。」太子爺嘿嘿笑著，繼續瞧倪飛喚出木孩兒，以及姜洛熙緊接在後的那記驚天右拳，滿意地說：「這次就算他倆及格吧。」

「喝！」韓杰赫然見到四海新城中庭大棚整個掀翻騰起，無數怨魂竄上半空，凝聚成一頭十餘公尺高的巨狼，駭然說：「那頭狼未免太大……老闆！他們兩個沒辦法對付那東西，還是讓我上吧！」

「你想上就上囉。」太子爺這麼說。

韓杰二話不說，立刻掏出尪仔標飛擲上天。

□

陰間四海新城中庭，巨大灰狼足足有三層樓高，掀翻了鐵皮棚頂，仰頭長嘯。

大灰狼頭頸上，生著一個又一個小狼頭，一隻隻狼頭有的隨巨狼一同仰首嚎叫、有的不停吼出各種奇異獸聲、有的甚至反覆說些前言不搭後語的人語詞彙。

姜洛熙和倪飛目睹了百頭狼的整個成形過程——無數凶魂從鐵箱柵欄小門擁炸而

出，在中庭凝聚成眼前巨狼，此時小門裡還持續有凶魂飛出，在百頭狼身邊飛繞，或是擠進百頭狼身中，成為巨體一部分

「姜洛熙，你知道這東西要怎麼打嗎？」倪飛從狼婆破碎殘骸處，撿回他的火尖槍，呆望著前方那和恐龍一般大的百頭狼。

「不知道……」姜洛熙提著火尖槍，愣愣搖頭，突然發現百頭狼身邊雖不停有凶魂擁入，但同時也有凶魂竄出，那些自百頭狼體內竄出的凶魂，全往三個方向飛去——是四海新城東北西三側樓梯口。

三個樓梯口前方，各自開著一扇鬼門。

「啊！糟糕！」姜洛熙指著那些鬼門，說：「那是鬼門對吧！那些東西是要去陽世沒錯吧！」

「啊！」倪飛聽姜洛熙這麼說，一瞧也嚇到，兩人一左一右，各自趕往東西兩側鬼門，揮動火尖槍，驅趕往鬼門衝來的凶魂。

姜洛熙捻出香灰，試圖封印鬼門，但連試數次都失敗，他急忙朝著西側倪飛大喊：「你趕快關上鬼門，然後來幫我，我關不了鬼門！」

那頭，倪飛回頭望了望姜洛熙，一時無語——他也無法關上自己這邊鬼門。

「喂！你有沒有聽見我說話？快關鬼門，然後過來幫我！」

「我關不起來啊！」

「關不起來？你不是鬼門達人嗎？」

「鬼門達人也會碰到關不起來的鬼門啊！就像大胃王也有吃飽的時候啊！就像你這個冷血麻木達人，聞到鬼狗大便，也會想吐啊！」

「什麼冷血麻木達人？我哪是那種人！」

「不然你是什麼達人？」

「我……」姜洛熙懶得繼續和倪飛瞎扯，捏出香灰，凌空畫出一個符陣，攔在東側鬼門前，他掏掏口袋，他那金磚粉筆已在狼婆體內化為一道道驅魔咒消耗殆盡，此時只剩一張尪仔標，是另一條混天綾。

他揉開尪仔標，令第二條混天綾在香灰符牆上排出驅魔符字，烈火一燒，果真讓凶靈不敢逼近。

他立時轉往北側出口，同時朝著倪飛喊：「倪飛，你的金磚還在嗎？能不能借我？我要畫驅魔咒！」

「不借！我自己要用！」倪飛在西側鬼門處，用香灰造出猶如球門的大網，接著在網裡造出混沌，讓四面擁來的凶靈全擠進混沌，而不是陽世——但他隨即驚覺，這鬼門正緩慢地擴大，漸漸超出他那香灰網子的範圍，不由得驚愕怪叫：「哇靠，鬼門會變大，擋不住啊——」

「啊！真的會變大！」姜洛熙在北側剛造好香灰符牆，用自己身上的混天綾也排出驅魔符籙，回頭瞧瞧東側，卻見剛剛僅單扇門板大小的鬼門，此時已經變成兩扇門板大小，許多凶靈頂著混天綾烈火燒炙，硬是從擴大後的鬼門縫隙擠出。

「怎麼辦……」姜洛熙呆立原地，望著緩緩擴大的鬼門，飛快思索一切對策，忽略了身後逼近的巨大狼頭。

嘎嚓——姜洛熙被巨大狼嘴咬住腰腹，將他整個人咬至數層樓高，跟著將他吞入口中，然後嚥下。

「哇！」姜洛熙感到自己在百頭狼嘴裡上下翻騰，反覆重重咬嚼數次，這才翻滾通過咽喉、落進胃裡。

但下一刻，百頭狼又將姜洛熙嘔了出來。

姜洛熙甩去一身怨氣胃液，瞧瞧還握在手上的火尖槍和腿側風火輪，猜想或許是上頭的三昧真火燒得百頭狼難受，才將自己吐出。

他見百頭狼轉身朝他追咬，連忙催動風火輪退遠，躲避百頭狼那張巨口。

西側，倪飛一口氣砸出豹皮囊和金磚兩片尪仔標，先令豹皮囊轉換成小豹型態，守禦鬼門，自個兒捏住金磚粉筆和九龍神火罩尪仔標，想模仿剛剛姜洛熙打狼婆那拳，讓百頭狼也吃他一拳，但他覺得只依樣畫葫蘆可不過癮，索性用混天綾裹著金磚粉筆和尪仔標，纏上火尖槍頭，對準百頭狼後腿，腳下風火輪一催，同時施令火尖槍往前飛衝，連槍帶人火箭般竄向百頭狼。

倏——倪飛握著火尖槍正中百頭狼左後腿，九龍神火罩發動，九條火龍四面竄咬、混天綾左掄右掃、金磚粉筆炸開化為一張張驅魔小金符到處亂炸，一口氣將百頭狼巨大左後腿，整個炸沒了。

但下一刻，倪飛發現自己雙腳被數十隻凶靈纏上，難以移動，頭頂上方，可正是百頭狼炸沒了後腿之後，轟隆坐下的巨大狼屁股。

磅——

百頭狼一屁股將倪飛坐壓在鐵箱上動彈不得。

姜洛熙見倪飛被百頭狼壓在屁股下，連忙挺槍上去亂刺一陣，再快速後退，將坐倒在地的百頭狼引去咬他，讓倪飛得以翻身脫困。

倪飛退開老遠，伸手摸摸身上各處，有些困惑。「我怎麼沒事？怎麼可能沒事？」他邊摸，邊望著巨鐵箱上自己被百頭狼坐壓出的一塊凹陷深坑。「就算陽世肉身在陰間，也沒硬成這樣啊！難道……太子爺看我表現好，賜我蓮藕身了？」

他一想至此，頗為興奮，挺著火尖槍再次上前去刺百頭狼另一條腿，卻讓百頭狼踩踏數下，每次都將他全身踩得陷進巨鐵箱裡，但他每次都沒事爬起，挺槍再戰，越戰越是抖擻，連連吆喝。「姜洛熙，你看，我有蓮藕身了！我被踩都沒事……」

他剛說完，立時又被一腳踩在巨鐵箱上，鐵箱立時陷下一處凹坑。

此時百頭狼被炸沒了的左後腿已經恢復——百頭狼不是單一個體，而是無數凶靈組成的集合體。

百頭狼巨掌挪開，倪飛翻身蹦起，依舊安然無恙，更加確定自己擁有金剛不壞之身，正要歡呼，陡然見到狼尾從眼前掃過，本能向後閃避，仍讓一片狼尾粗毛搧過臉頰，彷彿捱了一記荊棘巴掌，臉頰出現大片瘀腫，甚至出現一道道刮痕——百頭狼這身窮凶魔氣，可遠遠超出陽世肉身在陰間的堅韌程度。

倪飛翻騰滾地，摀臉掙扎站起，感到臉頰劇痛，這下可困惑了。

他感到身後一股力量逼近，回頭一看，只見韓杰踩著一條火龍從天而降，挺著火尖槍的手往前一指，身後八條火龍，像是對地飛彈般斜斜打下，盡數打進百頭狼身中，炸出團團金黃烈火。

「這東西交給我，你們兩個去守鬼門。」韓杰踩著火龍，向姜洛熙和倪飛下令。

「好……」姜洛熙和倪飛見韓杰來援，這才鬆了口氣，又和剛剛一樣，分別守住東西兩側鬼門，但同時想到什麼，一齊嚷嚷：「韓大哥，鬼門有三個！」「北側那個怎麼辦？」

他倆還沒問完，便見北側鬼門，燒開一片火，那片火不同於中庭這片金光閃閃的三昧真火，是一片赤紅妖艷的火。

一個六臂小孩在赤紅妖火中，舉著小短槍，忽上忽下蹦竄，接連擊斃逼近凶靈，這小孩正是郭蕙那黃金尪仔標裡的小孩，紅孩兒。

紅孩兒不僅擊斃北側入口所有來襲凶靈，甚至能抽空擲槍擊殺東西兩側的凶靈們。

□

陽世裡的四海新城夜晚，掀起一陣小小的騷動。

很小很小，只有極少數住戶知道而已。

是兩隻大貓和六隻小貓，外加兩隻鸚鵡，在大樓裡外四處飛奔亂竄。

晚歸的住戶們瞧見四處亂竄的大貓小貓之後，紛紛在四海新城群組裡詢問是誰家的貓偷溜出來亂跑。

除此之外，什麼事也沒有。

因為他們看不見那些自三面鬼門竄上陽世的狼形凶靈，看不見弦月、將軍和六隻小貓背上張開的金色披風，看不見貓兒揮爪搧出的半透明虎掌，看不見凶靈們被虎掌扒得四分五裂的樣子。

他們也看不見螽叔、銀鈴和阿給，兵分三路，在一戶戶人家中穿梭巡守，將試圖附上人身的凶靈揪出施術燒了，或是持紅光桃木劍將其刺斃。

□

陰間四海新城中庭，倪飛見韓杰踩在百頭狼背上，指揮九條火龍將百頭狼纏繞勒緊、綁起來燒，興奮激動地嚷嚷大叫：「韓大哥！為什麼你的火龍比我跟姜洛熙的火龍大隻？」

「廢話！」韓杰瞅著底下倪飛冷笑幾聲，說：「不然我的火龍應該比你們的小隻嗎？問什麼鳥蛋問題……」

巨大狼嘴橫著咬上韓杰胸腹，巨大利齒咬透了他的外套，卻無法繼續咬進皮肉中。

「蠢蛋……」太子爺的聲音在韓杰身中響起。「連你也要我這樣護著？你剛入行？這一口都躲不開？」

原來剛剛太子爺在姜洛熙和倪飛沒有察覺的情況下，降駕在他們身中，替他們扛下幾口狠咬、十餘記跺踏，外加一記巨臀壓頂。

「是我分心了……」韓杰剛剛耍完威風，就讓百頭狼咬進嘴裡，不免有些丟臉，左手一翻，令乾坤圈在百頭狼嘴裡飛快長大，硬生生撐開狼嘴，翻身躍出，只見狼頭與狼身位置有點怪異，原來是九條火龍將百頭狼勒得變形，腦袋給扭至背後——然而這百頭狼的頭也是由群魂聚成，即便離體也能飛空咬人，也因此韓杰才會站在自認不會被咬著的位置上，硬是捱了一口。

「差不多了。」太子爺說：「這惡狼已無力還擊，剩下就是盡數殲滅這些惡靈了，快轉吧。」

「快轉？」韓杰呆了呆，本來不曉得「快轉」是什麼意思，但感到左手掌心一股暖意，抬手一看，是一枚黃金尪仔標，上頭浮凸著九條張牙舞爪的金龍，立時明白太子爺口中這「快轉」的意思。

他將黃金尪仔標拋上半空。

剎時，空中金光閃耀，彷如白晝，九條更加壯碩巨大的金龍，口吐三昧真火，張牙舞爪地抱住變了形的百頭狼。

金黃火海，瞬間吞沒整座陰間四海新城。

快轉——

拾伍

這款尚未上市，最新版本擬人針的效力，甚至能讓鬼在擬化為男人之後，隨著時間生出鬍子。

更甚至，連活人身上的油脂、頭皮屑、汗垢的生成堆積速度，以及吃喝拉撒間的連鎖反應，都與生前一致。

上午十一點四十五分，四海新城北側四一六號房裡入住數日的矮胖男人，終於起床了。

他坐在床沿揉揉眼睛、搔搔鬍碴，然後大大伸懶腰打哈欠，總覺得還沒睡飽，應該補眠，但不是現在，因為現在他餓了。

不但餓，昨晚凌晨三點關上的遊戲，他也想立刻繼續，因為實在太好玩了。

他是王小明，是鬼，是韓杰陽世支援小組的頭號角色。

數天前，他受韓杰之命入住四海新城，注射擬人針，平時隨意生活，但每天必須照三餐服用強化陽氣的藥物，藉此成為四海新城內陽氣最豐盛飽滿的那名住戶，成為被女鬼相中的對象，以免再有無辜住民受害。

由於他負責扮演受害人，為了避免夜晚女鬼現身時露出馬腳，韓杰也替他封了眼，吩咐他在收到最新指示前，什麼也不用做，只要如生前一樣生活即可。

王小明聽命照做，做得十分稱職，幾天下來連破數款遊戲，看完好多動畫和A片，肚子餓了就叫外送，所有費用由老闆小歸全額負責。

王小明拿起手機，瞧瞧有無新消息，突然啊呀一聲——

八點左右，韓杰傳訊問他要不要一起吃早餐，他猶在夢鄉，韓杰隨後撥了電話過來，他睡得很沉；九點韓杰再次來訊，說任務已經結束，大家在咖啡廳閒聊，等等小歸會派專車過來，接郭蕙等人北上桃園劉媽家拜年，倘若他想搭順風車北上，就在大家離開前過來會合。

王小明急忙起身穿衣，想說至少下樓和大家打聲招呼，但看看時間，已近中午，大家想來也走了，索性又坐回床沿，撥電話給韓杰，說自己都還沒認真開工，怎麼任務就結束了呢？

韓杰沒好氣地說昨晚激戰一夜，主謀狼婆魂飛魄散，殘存嘍囉都讓陰差押了，那和恐龍一樣大的巨狼也在太子爺幫忙「快轉」下，全燒光了。

王小明問自己能不能在四海新城多住幾天，他還想多玩幾款遊戲，或至少把現在這款遊戲破關；韓杰說房租是小歸出的、擬人針也是小歸給的，他想待多久就待多久，待到四海新城正式拆樓都更都行。

王小明這才笑顏逐開，抓抓頭對韓杰說了些恭維的客套話，掛上電話後叫了外送餐點，打開電視和遊戲主機，接續昨晚進度，只覺得這樣的生活實在太愜意、太美好了，當初為什麼想不開，要自我了斷變成鬼呢？

□

午後，桃園劉媽家前院陽台可熱鬧了，撤走大堆舊雜物小櫃和供桌，擺上兩座新訂製的角鋼架，角鋼架其中一層，塞了個小神龕，裡頭供著尊小小的土地神像，其餘各層，全是貓窩、貓玩具和貓跳台。

這兩座角鋼貓園，便是母貓和六隻小貓的新家——

由於先前將軍遲遲沒有相中接班貓，劉媽索性要郭蕙將六隻小貓連同母貓全帶來讓她接手飼養，讓將軍沒有後顧之憂地慢慢挑選。

此時母貓小貓，悠哉地在角鋼架各層貓窩中鑽來繞去，像是已經認定了這個新家。

劉媽取名也隨興，母貓就稱「貓媽」，六隻小貓按照體型用國字大寫從一喊到六，最大隻的橘貓叫「阿壹」、次大的白貓叫「阿貳」、褐虎斑貓「阿參」、三花貓「阿肆」、黃白貓「阿伍」、玳瑁貓「阿陸」。

至於將軍，與母貓小貓也不特別親近，回到家後也沒特別宣示主權，只是默默佇在客廳一處能夠瞥見陽台動靜的高櫃上，偷瞧貓媽一家。

姜洛熙和郭蕙會在劉媽家留宿一晚，明日一齊返回台南，弦月從進門便一直伏在姜洛熙行李旁一動也不動，一副與世無爭的樣子。

劉媽問韓杰怎麼沒一起來，眾人說韓杰事情還沒忙完，他得替這次案件做個收尾，然後趕去岳母家接王書語返家，不順路，就不來了。

至於倪飛可是坐立難安，只覺得自己與劉媽這神明聚會所格格不入，客廳滿桌神像彷彿都瞪著他、給他臉色，且他不時聽見貓媽一窩對他發出充滿敵意的哈氣聲，即便是比較穩重的將軍和弦月，也明顯對他保持著警戒。

就連藏在倪飛行李裡的小罈裡那鬼狗醜八怪，似乎也感受得到外頭貓乩們的凶猛氣勢，在小罈裡不住哆嗦，不時發出悲鳴。

倪飛索性稱自己還有事，匆匆向眾人告別後便帶著羅漢離去。

劉媽望著倪飛離去背影，默默不語半晌，望著郭蕙問：「這次他倆誰表現比較好？」

郭蕙聳聳肩，說：「我根本不知道發生什麼就打完了——聽說幾乎都在陰間打的，但是太子爺好像降駕了，而且還算滿意，說他倆都及格了。」

「嗯。」劉媽微笑點頭，望向姜洛熙。「那你自己覺得呢？倪飛跟你，誰表現比較好？」

「差不多吧……」姜洛熙想了想，搖搖頭說：「不對，倪飛造出一個很大的混沌困住狼婆，如果沒有那個混沌，我們可能連變身前的狼婆都打不贏，我覺得他功勞比較大。」

鳳仔插嘴說：「鳳仔扮真鳥都沒有被識破，鳳仔也有一定功勞。」

□

倪飛拖著行李返回自宅，他那小小的頂樓加蓋租賃雅房才三坪大，房內只有一張雙人床、一座塑膠衣櫃和簡陋的書桌椅，除此之外，就再無空間擺放其他家具了。但倪飛平常其實很少進那間「真房」，而是直接進入他造出的混沌工作室——裡頭有二十餘坪，三房一廳一衛，連水路管線也經過精心規劃，與整棟公寓管線相連。

他返家之後，收拾行李、檢查房中混沌儀有無異狀，將鬼狗小罈擺上工作層架，輕輕拍著罈身說：「醜八怪，你大便太臭了，現在沒辦法放你出來亂跑，你等我幾天，我幫你設計一個帶小院子的新家。」

他說完，開冰箱拿了罐飲料，來到工作桌，打開筆記本，正準備替醜八怪設計新家，手機便收到鴨蛋的訊息——

「倪大師，我們抓到黃景天了，你看這酒空現在這蠢樣好不好笑。」

照片裡，黃景天鼻青臉腫，鼓脹脹的嘴裡塞著一條內褲，全身也僅穿著條內褲，跪在地上，眼淚鼻涕淌了滿臉。

失去四靈陰牌的黃景天，逃亡數日，被熊哥和鴨蛋找到，帶到廢棄工廠狠狠教訓。

倪飛望著照片裡慘兮兮的黃景天，覺得自己當時收尾似乎收得不夠漂亮——那晚他與田啟法、陳阿車告別後，撤去了混沌房間，將暈死的黃景天扔在海鮮餐廳樓梯間便離去了。

「我本來想餵他吃屎，但是熊哥嫌噁心，不想看屎，我現在在想還有沒有其他東西可以餵他，倪大師你有沒有想法？」

「……」倪飛靜默半晌，說自己有重要的事要問黃景天，向鴨蛋要了工廠地點，說自己現在過去。

他起身套上外套、揹上背包，隨手拿了張面具戴上，還撥了通電話給姜洛熙。

「我上次那件案子有新發展，想向你借四靈陰牌，可以嗎？」

「可以啊，你要再過來劉媽家？還是我過去找你也行——反正現在沒事，陌青也想到處逛逛。」

十餘分鐘後，倪飛和姜洛熙碰面會合，開鬼門下陰間。

倪飛拿出兩枚六角符，變出兩輛拋棄式滑板車，他與姜洛熙一人踩一輛滑板車趕往廢棄工廠。

「你同情那個小混混，想要救他？」姜洛熙問。

「那倒不是，那酒空仔揍我好幾次，我才不想幫他……」倪飛托了托面具，說：「只是我覺得這件案子就這樣子結束，那個鴨蛋哥也未免太爽了，這樣搞得我好像在幫壞蛋欺負人一樣，感覺不太舒服……」

又過半晌，兩人抵達廢棄工廠。

倪飛帶著姜洛熙在廢棄工廠二樓隨意找了間房，開鬼門返回陽世。

陽世廢棄工廠一樓，迴盪著黃景天求饒哭聲，和鴨蛋的笑聲。

鴨蛋花了好半晌功夫，抓了隻活老鼠，逼黃景天吞下去。

熊哥雖然不是很喜歡鴨蛋想出來的這些噁心把戲，但他先前被鬼迷的這段期間，將信用卡副卡給黃景天用，被黃景天刷掉一百幾十萬，他得討回來——他要逼黃景天回老家向老媽討要棺材本來還他。

「銀鈴，交給妳了。」倪飛瞅了瞅姜洛熙托在他面前的四靈陰牌這麼說。「把我的話說給熊哥聽。」

「是。」銀鈴笑了笑，從陌青手中接過手機，倏地飛去熊哥那兒，攬上熊哥肩頸，湊在他臉旁對他耳語。

熊哥感到一陣暈眩，搖搖晃晃地上前揪起鴨蛋領子，啪地一巴掌搧在鴨蛋臉上。

「哇！」鴨蛋被搧倒在地還滾了一圈，摀著臉望著熊哥，只見熊哥此時神情，又和之前一模一樣了。

彷如惡夢重臨。

黃景天則又驚又喜，東張西望大聲嚷嚷：「你們回來了？你們回來救我了？」

銀鈴沒有答話，繼續對熊哥耳語。

「你們兩個，單挑。」熊哥瞪大眼睛，指著黃景天，再指指鴨蛋。「站起來，單挑！」

「什麼？」黃景天和鴨蛋，都對熊哥這要求感到不可思議。「熊哥……你要我跟他……單挑？」

「對，單挑。」熊哥說：「你們兩個，等等單挑完，給我結拜當兄弟，打贏的那個當哥哥，打輸的當弟弟，弟弟要伺候哥哥，哥哥要疼愛弟弟，誰也不准再找對方麻煩，哪個違反規矩，另個隨時可以找我告狀，我會餵不守規矩的那個傢伙吃內褲、吃完內褲吃老鼠、吃完老鼠吃大便。」

「什麼……」鴨蛋不可置信，連連搖頭。「熊哥，你怎麼了熊哥，你清醒點……你之後醒來會後悔的！」

「公平起見。」倪飛遠遠望著一樓眾人，透過手機對銀鈴說：「黃景天剛剛被揍過，身體有點虛，鴨蛋應該先捱一頓揍，這樣打起來才公平——喂！你們沒聽見我說話，上啊！去把鴨蛋揍一頓，你們剛剛……」

那頭，熊哥在銀鈴耳語下，一字不漏地照著倪飛的話說：「你們剛剛怎麼打黃景天，現在就怎麼打鴨蛋，快上！」

「是！」十餘個嘍囉一擁而上，把鴨蛋揍了一頓，然後將鴨蛋和黃景天圍在正中，起鬨要他們單挑。

「你到底做了什麼？」鴨蛋怒瞪黃景天，哭得涕淚縱橫。

「幹……我也想知道……」黃景天也流著淚，卻是喜極而泣，雖然他沒有得到陰牌鬼奴回應，熊哥的要求也令他摸不著頭緒，但無論如何，現在這情勢，可比幾分鐘前要好上太多太多了。

他奮力揮拳，一拳擊倒鴨蛋。

鴨蛋掙扎爬起，揮拳還擊。

三分鐘後，鴨蛋被黃景天騎在身上連揍七拳之後投降。

熊哥替兩人舉行了一場小小的結拜儀式。

鴨蛋邊哭邊偷偷取出手機，傳訊質問倪飛是不是偷偷動了什麼手腳，情況為什麼會變成這樣，為什麼明明說有話要問黃景天，卻遲遲沒有現身。

倪飛沒有回他，甚至不知道他傳訊內容。

因為倪飛在他傳訊前就封鎖他了。

拾陸

傍晚時分，中部市郊一棟豪華別墅，氣氛有些詭怪。

這別墅頂樓、前後院、游泳池旁，四處都有刺青男人站崗守衛。

這些刺青男人們腰間、褲管裡都藏著刀械，臉上神情都有些複雜，茫然中摻雜著恐懼。

一部分男人臉上還帶著傷。

隨著太陽落下，男人們流露出的恐懼漸漸增大，他們不時面面相覷，像是用眼神商量著什麼。

別墅裡也有十餘名男人守衛，身上同樣帶著刀械，其中幾個臉上也帶著傷——這些帶傷男人，都是昨晚在蕭家建設裡被韓杰打趴的老虎會幫眾。他們當下就將韓杰離去一事向蕭老闆報告。

蕭老闆擔心韓杰會來找他，立時令蕭家建設裡的老虎會幫眾轉移陣地，趕來這兒護駕，還從他處調人過來，一共聚集四十餘人，將整棟別墅圍得密不透風。

昨晚蕭老闆還打電話給曹安仁，詢問四海新城情況。

曹安仁急忙趕赴四海新城，但除了聽住戶說剛剛有貓跑來跑去外，沒發生任何事。

蕭老闆要曹安仁聯絡曹安義，問清楚底下到底有沒有出事。

曹安仁說聯絡不上曹安義，立時換得蕭老闆一陣破口大罵——蕭老闆脾氣本來就不好，年輕時就有「老虎」這稱號，但近兩個月更加變本加厲。

最令蕭老闆身邊人害怕的是，蕭老闆生氣時，眼睛會發紅，紅得十分嚇人，罵起人來，嘴裡犬齒看起來似乎變得格外銳長。

今日上午，一夜沒睡的蕭老闆發了頓脾氣，在十來個幫眾兄弟面前，將伴他數日的知名小模臉頰咬下一塊肉。

小模連鞋也沒穿，驚叫嚎哭地奪門而出，一路逃下山。

幫眾們嚇傻了，就連蕭老闆自己都被自己的舉動嚇著了，坐在沙發上，雙手托著剛剛咬下的那塊臉頰肉，茫然發呆好一陣子，像是不明白自己為什麼要咬人，且咬得這麼狠。

然後，蕭老闆慢慢地把小模那塊臉頰肉放進嘴裡，咀嚼起來。

蕭老闆這陣漫長思索，似乎想出了答案。

他沒有說出答案，而是將答案全寫在咀嚼小模臉頰肉時的愉悅神情上——

人肉，好好吃。

驚嚇過度的幫眾們，當下雖然什麼也沒說，但當蕭老闆回房歇息時，大夥兒立時將剛剛所見，透過手機告訴別墅外的兄弟們。

一時之間，數百則訊息在數十名老虎會幫眾手機裡彼此傳來送去。

你相信嗎？剛剛老闆發脾氣，從小模臉上咬下一塊肉，然後吃掉了。

老闆邊吃邊笑。

我肯定沒看錯，剛剛老闆眼睛是紅色的。

之前老闆只有晚上，眼睛才會發紅，但現在是白天……

老闆到底怎麼了？

我是在作夢嗎？現在到底什麼情況？

中午時，睡了個回籠覺的蕭老闆，從臥房走出時，已換上一身新衣，眼睛也不紅了，神情自若，絕口不提早上發生的事，朗笑問大家中午想吃什麼儘管點。

幫眾小弟們有志一同、乖巧地說他們隨便吃吃就行了，老闆想吃什麼比較重要，他們會立刻去張羅。

蕭老闆說想吃牛排。

一分熟的牛排。

幫眾們立時舉派兩人，乘車前往市區牛排館替蕭老闆買牛排。

半小時後，兩名小弟帶著牛排返回別墅，來到廚房將餐盒裡的牛排和配菜整齊裝好擺盤，才端上蕭老闆用餐長桌。

蕭老闆持著刀叉，切開牛排，盯著剖面，沉默半晌，轉頭微笑喊來那替他買牛排的兩個小弟，問這份牛排是誰點的。

他這麼問時，兩隻眼睛又紅了。

其中一個小弟說是自己點的。

蕭老闆抓著他的手，將他手掌按在牛排肉上，一刀刺透小弟手掌，刀尖插在牛排肉上。

蕭老闆說，他要的是一分熟的牛排。

小弟哭嚎解釋，那家牛排店最生只有三分熟，沒有一分熟的牛排。

蕭老闆說那就換別家，要幫眾們重新派人去買——直到買回令他滿意的牛排，他插在小弟手上這把刀，才會拔起。

幫眾們驚慌之中，派了八人分乘四輛車，從四家牛排館，買回四份一分熟牛排，分裝成四盤，在蕭老闆面前排成一排。

蕭老闆拔起插著小弟手掌的牛排刀，也未擦去刀上鮮血，直接切割牛排，扠起就

吃，像是十分滿意，眼睛又不紅了，

那被牛排刀貫穿手掌的小弟，早已嚇傻，出了一身冷汗，一句話也不敢說，被其他幫眾拉遠包紮。

蕭老闆吃完，又回房歇息。

隨著時間流逝，漸漸逼近晚餐時間，幫眾們個個提心吊膽，就不知道等會兒蕭老闆那沒來由的怒火，又要從何處點燃爆發、又會用什麼方式宣洩怒火，屆時又輪誰來捱這恐怖怒火。

蕭老闆再次出房，稱想吃法式晚餐，幫眾們派出十二人，兵分六路買回整桌美食，全堆上蕭老闆用餐長桌。

蕭老闆笑著要大家一起來吃，幫眾們都說自己不餓。

蕭老闆笑著拉來一個幫眾，掐著他後頸，將他腦袋按在一碗酥皮濃湯上，要他吞下整碗熱燙濃湯。

蕭老闆兩隻眼睛又紅又亮，說都長這麼大個人了，吃飯該自己來，別讓老闆餵。他說完，又瞧瞧其他幫眾，要大家一起來吃。

十餘名幫眾立時來到長桌坐下，哆嗦地吃起整桌法式料理。

有個小弟吃相激怒了蕭老闆，嘴巴捱了一叉，血流滿面。

又有個小弟或許因為害怕，吃得太過斯文，細細碎碎地咬著一截長棍麵包，被蕭老闆將整盤麵包，全塞進他嘴裡。

還有個小弟吃到一半忍不住放了個屁，被蕭老闆從椅子上拽下地，持著尖叉往他屁股扠了好幾下，然後笑呵呵地舔舐叉上鮮血。

蕭老闆用餐完畢，窩在沙發看起電視，還笑嘻嘻地隨口要大家想想等會兒宵夜吃什麼。

大夥兒聽說晚點還有一餐，紛紛感到絕望。

隨著時間一點一滴地流逝，逐漸接近宵夜時段，幫眾們心中的恐懼也逐漸上升到最高點。諷刺的是，令他們膽戰心驚的那人，正是他們此時守護的對象。

一輛車停在別墅外，車門揭開。

曹安仁與韓杰先後下車。

曹安仁面如死灰，被身後的韓杰揪著後領，走入別墅前院。

前院幾個老虎會幫眾見到曹安仁，本來要上前迎接，打算請曹安仁幫忙安撫蕭老闆此時這古怪情緒，但隨即見後頭跟著韓杰，一下子又不知所措了——他們之中一半以上，昨晚都在蕭家建設辦公室裡被韓杰痛打過。

有兩個從他處調來的傢伙，上來向曹安仁詢問韓杰身分。

曹安仁只怯怯地說：「這位韓先生想見老闆……」

「韓先生？你等一下，我去跟蕭老闆報告……」一個傢伙轉身往別墅走，回頭卻見韓杰絲毫沒有等他消息的意思，繼續揪著曹安仁後領，直接走在他身後，步伐甚至比他還快，便轉身重新攔下韓杰，皺眉說：「你在外面等！我去跟老闆……」

他說到這裡，見韓杰仍不停下腳步，不禁有些惱火，伸手攔在韓杰面前，手還沒摸著韓杰胸膛，就被韓杰扣住手腕，起腳將他拐倒在地。

韓杰拖著曹安仁，踏過那攔路仔肚子，來到別墅門前，伸手開門，發現門上鎖了——原來蕭老闆聽說外頭有人上門，立時令手下鎖門。

韓杰將曹安仁拉到門前，說：「你說你有鑰匙。」

「對……但是……」曹安仁支支吾吾說：「我好像放在車上，不對，我好像沒帶過來……」

「這樣啊，那沒辦法了。」韓杰揪著曹安仁來到左側大落地窗，將他整個人公主抱起，腦袋朝窗，左右晃了晃，像是想將曹安仁當成攻城槌破窗。

「等等等一下！」曹安仁駭然大叫：「這是強化玻璃，撞不破的！」

「沒關係，我試試看，撞不破我再想其他辦法。」韓杰這麼說，抱著曹安仁後退兩步，雙手一晃，準備往前衝撞。

「啊找到了，鑰匙在口袋！」曹安仁尖叫掙扎，從口袋掏出鑰匙。

韓杰放他下地，押著他又走回別墅門。

別墅裡傳出蕭老闆的怒吼聲：「你們幹什麼吃的，別讓他進來啊！曹安仁，你敢幫他開門試試看！」

曹安仁猛地一顫，捏著鑰匙湊至鑰匙孔前的手猛地僵硬停下。

韓杰抓住曹安仁的手，替他插入鑰匙，旋開門鎖。

同時，前院老虎幫眾，聽見蕭老闆吼叫，彷彿大夢初醒，抄出刀械圍了上來，但他們之中有些昨晚捱打過，見韓杰抬抬腿，想起他昨晚踩著牆跑，一雙腳神出鬼沒地踏歪好幾個伙伴鼻子，立時嚇得退開。

又有個昨晚不在蕭家建設辦公室的小子，吆喝一聲舉著西瓜刀走向韓杰，被韓杰一記低掃踢在小腿上，整個人翻倒在地，持刀那手磅地被韓杰重重一踩，殺豬似地慘叫起來。

本來圍向韓杰的眾人，一下子又散了。

「你們傻了嗎？」韓杰望著幾個幫眾，冷笑說：「我是來救你們的。」他指指天空，說：「再晚一點，你們老闆真要變活屍了，他會啃爛你們，不想死也不想被我打斷手，扔下傢伙滾吧。」

了。

「唔……」幾個幫眾你看看我我看看你，其中兩個當真扔下刀棍，頭也不回地跑

別墅裡，再次響起蕭老闆的怒吼聲。

這聲音聽來，已不像是人能發出的聲音。

也因此，蕭老闆不吼還好，這麼一吼，前院剩餘幾個幫眾，以及佇在頂樓觀望的老虎會幫眾，全扔下棍棒，四處竄逃。

韓杰放開曹安仁，推門踏進別墅，回頭見曹安仁還佇在門外，冷笑兩聲說：「沒你的事了，你可以回家了。」

「吼！」退進二樓臥房的蕭老闆發出怒吼，一個年輕幫眾隨即發出尖聲哀嚎。

「哇！老闆……求求你……不要啊！」

本來呆佇在別墅裡的幫眾，見韓杰沒有為難曹安仁，而是趕他走，跟著又聽見樓上伙伴慘叫，紛紛也扔下刀械，繞過韓杰，奪門而逃。

「混蛋！你們這些吃裡扒外的混蛋……」蕭老闆再次怒吼：「姓韓的，你到底想幹嘛？你為什麼要找我麻煩？」

「你在吃什麼？」韓杰聽出蕭老闆說話腔調含糊不清，嘴裡像是塞著東西，且還不住咀嚼，他一路循聲找上二樓，來到蕭老闆寬敞臥房前。

只見蕭老闆押著一名年輕幫眾，站在臥房大落地窗前，一手掐著那幫眾後頸、一手抓著幫眾手腕。

幫眾染血手掌上缺了小指和無名指。

蕭老闆像是嚼檳榔般大口嚼著幫眾兩指。

「你這傢伙……真把自己當老虎了？」韓杰搖搖頭，捏出一張尪仔標，扔在腳下，耀出一片金光。

「什麼？那是什麼？」蕭老闆兩眼亮著紅光，嘴裡四枚犬齒銳長嚇人。「你扔什麼在地上？」

韓杰也懶得解釋，抬腳踩進金光，下一刻，人已竄到蕭老闆身前，掐住蕭老闆頸子，壓著他轟隆撞破大落地窗，將他上身壓在陽台圍牆上。

那被蕭老闆啃掉兩根手指的幫眾，這才得以逃脫，淒厲哀嚎往外奔逃，跟在最後幾名幫眾身後，驚恐逃離別墅。

韓杰望著蕭老闆殷紅雙眼，搖頭嘆氣，左手掐著蕭老闆頸子，右手又捏出一張尪仔標。

「你為什麼找我麻煩？你現在想做什麼？你手裡那東西是什麼？」蕭老闆瞪著一雙紅眼，猶自問個不停。

韓杰仍沒回答，只鬆開蕭老闆頸子，改抓他臉頰，掐開他嘴巴，將燃起金火的尪仔標，塞進蕭老闆嘴裡。

尪仔標在蕭老闆口中炸出金光，九條火龍瞬間從蕭老闆嘴裡鑽進他五臟六腑。

「唔——」蕭老闆瞪大眼睛，激烈掙扎半晌，漸漸沒了氣息，身子由內而外燃燒起火——他用狼婆的「神仙補品」續命兩年，其實已經死了，但魂魄還留在肉身中，五臟六腑都已逐漸壞死，連腦袋也漸漸壞了，昨晚聽說韓杰打趴一批老虎幫眾後離去，受了驚嚇，腦袋快速惡化，直至今晨終於再也控制不住自己，才上演一齣齣怪異發怒戲碼。

「……」韓杰望著燒黑崩裂的蕭老闆，將九條火龍自蕭老闆體內喊出，分頭在別墅裡外巡了巡，確認沒有死者，這才打電話通知警界高層劉長官，通知對方這兒發生一件陰邪慘案，有個知名建商用邪術將自己煉養成了活屍，剛剛被他「處理」完，請劉長官派人過來收拾善後。

□

韓杰在陰間，搭乘直升機朝那陽世許淑美家的方向飛去。

他準備在岳母大人住處住一晚，隔天再帶著王書語和女兒韓婧返家。

在直升機上，他撥了通電話向劉媽打招呼，順便問姜洛熙在那兒自不自在。

劉媽說兩個小子挺忙的，先是倪飛向姜洛熙借四靈陰牌去替前一件案收尾，跟著兩人剛回來不久，聊沒兩句，又有個小女娃上門盜貓屎，被將軍逮個正著。

小女娃名叫小草，哭得涕淚縱橫，說這次是真的、這次自己真的沒有騙人，她說她伙伴跟姊姊全被一個叫方禮白的臭壞蛋擄走了，她得救他們，說自己怎麼這麼倒楣，到哪兒都會撞著姜洛熙跟將軍。

姜洛熙問當天方禮白跟鐵二兩邊人馬，不都被陰差押走了嗎？為何還能擄走對方？

小草說那城隍府雖然按照神明乩身指示上來抓人，但實際上和秋哥關係密切，秋哥一通電話，方禮白一群人立刻就被放出來了。

方禮白出來之後，第一件事，就是想把鐵二也弄出來。

因為劫虎當夜，方禮白轉了三千億進鐵二戶頭，但最終一無所獲。

那三千億是方禮白自己先墊的錢，由於他沒能將虎爺和貓乩帶回給秋哥，便也不敢向秋哥請款。

他私下又砸了幾百億打點那間與秋哥友好的城隍府，花了好大功夫，終於把鐵二五鬼弄了出來，載去荒郊廢樓裡，逼鐵二還錢。

小草在受擄途中逮著機會逃跑，暗中尾隨方禮白一行人，想伺機救出伙伴，卻苦無機會。

方禮白不但要鐵二吐出當晚那三千億，再加上賄賂城隍府的幾百億，外帶沒人知道怎麼算出來的利息，一共五千億。

鐵二不從，日夜被拷打至今。

另三個伙伴也好過不到哪去。

小草無計可施，只能像三十年前一樣四處尋找厲害貓屎，想跟方禮白拚了，打聽出桃園劉媽家常駐一隻凶猛橘貓，是天上一頭剽悍虎爺的御用貓乩，一路找來，沒想到正是之前被他們擄著的將軍。

且連當時那姜洛熙也在。

小草抱著姜洛熙大腿，哭得涕淚縱橫，說要是姜洛熙幫她救出姊姊、救出伙伴們，她願做牛做馬，伺候姜洛熙一生，還說姜洛熙如果不信，可以對她下符，餵她吃下那種如果抗命就會魂飛魄散的凶符。

姜洛熙說自己不會那種符，也不需要小草替他做牛做馬，只請她答應一件事——從今以後再也別打虎爺主意了，要是真缺貓屎急用，可以來台南找他，幫弦月清理貓砂盆。

「哦？所以姜洛熙真去幫那個小草救姊姊了？」

「好像是。連倪飛也跟去湊熱鬧了，他對盜虎團好像挺有興趣，以前也研究過貓乩屎，想打聽更多情報。」劉媽笑著說：「我雖然和你這兩個接班人沒見幾次，但總覺得他倆應當可以信任——他們和你一樣，不會見死不救。」

「不錯啊，希望可以一直保持下去。」韓杰望著陰間天空滾滾紅雲，向劉媽道別，跟著在他與姜洛熙、倪飛的三人群組裡，發出視訊對話請求。

兩人一齊開啟了視訊。

「韓大哥，這麼巧，我們正要找你！」倪飛這麼說。

「找我幹嘛？」韓杰問。

「我們臨時想處理一件事。」姜洛熙說：「想申請直升機支援，但是小明哥說我們現在還沒有權限……」

「是啊。」韓杰點頭說：「你們知道我幹了多少年才有直升機可以搭嗎？」

「可是……」倪飛哇哇大叫：「很急耶！我們要趕去南部救人……」

韓杰說：「我現在在直升機上，你們沒有權限獨自搭直升機，我陪你們跑一趟好了。」

「啊？韓大哥，你要陪我們去救人？你不是要回岳母家陪老婆？」倪飛問。

「小歸老闆這直升機飛得快，我們手腳快點就是了。」韓杰問：「你們現在人在哪？我過去接你們。」

「太好了！我們現在人在——」

《猛鬼新城裡的狼》全篇完

後記

按照這幾年一年兩本《乩身》的速度，姜洛熙跟倪飛再過幾本書，就要上大學、甚至出社會了。

因此在後續幾本故事裡，姜洛熙和倪飛不論是言行舉止和做事手段，都會隨著年齡和歷練漸漸產生變化，就像韓杰在《踏火伏魔的罪人》那時，耐性比現在差了許多，脾氣也暴躁不少，但隨著與葉子離別，與王書語朝夕相伴，再到王智漢離世，一路走來，韓杰也比過去穩重許多。

比起韓杰，目前還是少年的姜洛熙和倪飛，兩人身手、經驗甚至是心性的可塑性和變化幅度，自然會比《踏火伏魔的罪人》那時三十出頭的韓杰來得更大些。

到目前為止，我已經替兩人擬定了好幾個不同版本的未來。

有四平八穩的未來。

有輕鬆逗趣的未來。

有沉重悲愴的未來。

也有稍稍破格會令大家大吃一驚的未來。

這些不同版本的設定，有許多應該最終不會採用，或是挑揀出適合的片段混著來用，總而言之，我對兩人以後的成長，也很好奇。

兩個小子究竟會變成什麼樣子呢？

2023/5/1 於桃園龜山

星子

「群邪作祟，
火尖槍降臨！
漫畫版乩身同樣精彩萬分！」

——星子

金漫獎漫畫家Barz×鬼才作家星子——
《乩身：踏火伏魔的罪人》改編漫畫，強勢襲來！
陽世間有極少數人，他們跟神靈有著特殊的關係。
哪個白癡介紹妳過來的啊？
妳根本就不知道我是什麼人吧？

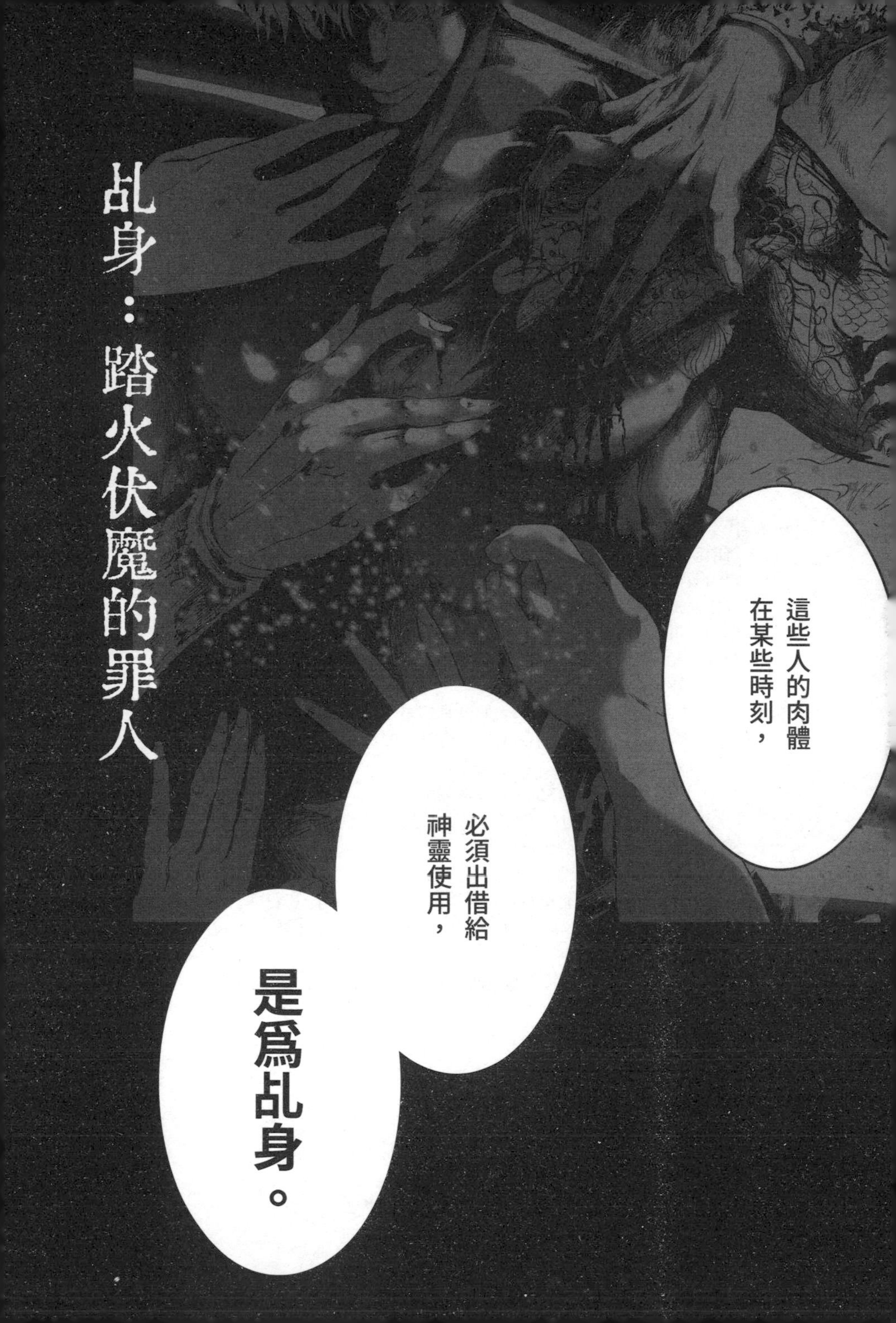
這些人的肉體在某些時刻，
必須出借給神靈使用，
是爲乩身。
乩身：踏火伏魔的罪人

國家圖書館出版品預行編目資料

乩身. II : 猛鬼新城裡的狼/星子(teensy)著. --
初版. --臺北市 : 蓋亞文化有限公司, 2023.10
面； 公分. -- (星子故事書房 ; TS036)

ISBN 978-986-319-955-7 (第2冊 : 平裝)

863.57 112015434

星子故事書房 TS036

乩身 II ❷ 猛鬼新城裡的狼

作　　者　星子
封面插畫　布克
封面裝幀　莊謹銘
責任編輯　盧韻亘
總 編 輯　沈育如
發 行 人　陳常智
出 版 社　蓋亞文化有限公司
地址：台北市103大同區承德路二段75巷35號
電話：02-2558-5438　傳真：02-2558-5439
電子信箱：gaea@gaeabooks.com.tw
投稿信箱：editor@gaeabooks.com.tw
郵撥帳號 19769541　戶名：蓋亞文化有限公司
法律顧問　宇達經貿法律事務所
總 經 銷　聯合發行股份有限公司
地址：新北市新店區寶橋路二三五巷六弄六號二樓
電話：02-2917-8022　傳真：02-2915-6275
港澳地區　一代匯集
地址：九龍旺角塘尾道64號龍駒企業大廈10樓B&D室
電話：+852-2783-8102　傳真：+852-2396-0050
初版一刷　2023年10月
定　　價　新台幣299元
Published and printed in Taiwan

GAEA ISBN / 978-986-319-955-7

GAEA

GAEA